林育贤（喵导） 著

翻滚吧！男人，还有喵导

北京时代华文书局

" 每个人都在翻滚中长大，然后找到自己的故事。 "

简体字版序言：

这次不只"翻滚"，咱们还要用力"跳舞"呢

　　距离这本书首次出版的截稿日期（二〇一七年八月二十七日）已经相隔475天，再度以文字形式跟大家聊聊天的原因有二，除了证明我没骗你们，故事还在继续以我们无法预知并且惊奇的方式翻滚前进着，当然最重要的是"简体字版"要发行了！除了方便内地的朋友阅读外，我们之间的距离可以说越来越靠近了呢！因为此刻的我正在北京进行最新的电影《跳舞吧！大象》的后期工作。

　　再度回望书中一起"翻滚"的伙伴们，这些年来大家都历经了更多的挑战并且站上更大的舞台。彭阿信（彭于晏）完全如2011年我们一起在金马奖颁奖典礼亲眼见证并且许诺要像刘德华先生一样，这几年以劳模演员的方式继续在电影中拼命翻滚，创造出许多让我们感到惊喜的角色。目前我们哥俩各自在江湖练功，期待再相遇的那一天联手使出必杀技。

至于林育信教练与李智凯呢？恭喜李智凯刚刚拿下进入二〇二〇年东京奥运会鞍马单项的首站积分。一路从旁陪伴拍摄下来，我很清楚这条体操路真的万分艰难，尤其到了国际场上更清楚自己的资源少到无力，所以只能自嘲拿出"台式炒米粉"的精神咬牙继续翻滚。"世大运"鞍马夺冠后，师徒俩知道要迈向更大的舞台就必须要"改变"。二〇一七年卡塔尔世锦赛林教练将李智凯的鞍马难度系数提高到6.3，但师徒俩知道这样还不足以成为世界冠军，十一月的德国世锦赛李智凯一口气提升到难度系数6.5。这0.2分看似差别不大，但是你知道师徒俩花了多长时间吗？十五年。我十分期待二〇二〇年东京奥运会场上与他们师徒俩再相会。

这几年我又发生什么事呢？还记得书中提到我的发小"神奇杰克"吗？我成功地游说他一起来北京跟我创业，百万年薪IT老总中年转战电影圈，他若不是发疯就是被我骗了，其实只因为一句话："有谁能够在多年后还一起做梦呢！"我跟我的妻子（对的，别惊讶，这几年我完成婚姻大事了）还有"神奇杰克"一起成立了一家电影公司叫做"友谊万岁"影业，并且开拍了我们的第一部电影《跳舞吧！大象》，由开心麻花剧团的艾伦与四大天鹅（金春花、彭杨、宋楠惜、静芳）主演，预计二〇一九年暑假上映。

以上报告完毕，关于未来会如何走，命运如何谱写，谁也不知道。我知道"翻滚"不易因为会痛，那咱们试着用力"跳舞"吧！

我们不谈梦想

梦想已被过度消费

我们只说

当你快被生活揍趴下的时候

再撑一会儿

不用还手

能站着　就是胜利

跳舞吧！大象

献给所有笨拙而沉重地活着的人们！

最后，谢谢台北有鹿文化勇气十足的初版发行，以及谢谢北京时代华文书局勇敢地"重版出来"！我只能继续翻滚新的电影以叩谢大家。

林育贤（喵导）

北京，二〇一八年十二月十七日

推荐语

作家／小野

    唯有经历过人生谷底又翻身之后又再跌落谷底，然后又再奋起的人，才能知道谦卑和包容的力量。喵导，加油！

电影配乐／王希文

    所有创作到最后都是在传递情感与思想，而无论是音符、镜头或是文字，真诚的人说的故事永远会感动人。

    如果你曾经"翻滚"了男孩与阿信，那你这次绝对不能错过《翻滚吧！男人，还有喵导》！

《翻滚吧！阿信》编剧／王莉雯

    阿喵号称自己"千杯不醉"，一群人出去喝酒的时候，他总是自愿开车负责将大家安全送达。他总是笑笑说，这是以前当制片时送醉酒老板回家的训练。但后来发现他其实都在撑，撑住面子，撑住"若无其事的man感"，更为了撑住一口不服输的气。善于冲锋的他，把这种man感也用在工作，不管多苦都咬牙撑住。没力气的时候，就该把《翻滚吧！男人，还有喵导》这本书拿出来看一看，一定能找到生命中的支撑点。

牵猴子整合行销股份有限公司总监／王师

那一场翻滚，惊天动地。

六年前，牵猴子成立的创业作，就是林育贤导演的《翻滚吧！阿信》，那是一个生猛躁动、意义非凡的夏天。那个夏天，改变了参与其中所有人的命运，我们似乎都领悟了些什么，也获得了继续迈步向前的巨大勇气！此刻，林育贤导演将他比电影还精彩的生命故事和盘托出、娓娓道来。这是一个屡战屡败、永不放弃的台湾男人的故事，读完之后，你会发现，其实这是自己的故事。我们都在，翻滚的路上。

《六号出口》《翻滚吧！阿信》编剧／王国光

　　读完这本书我发现：当导演没什么了不起，跟我们一样都在现实与梦想间挣扎，懊悔与伤痛常在心中反复碾压，羞辱与哀愁也只能默默吞下去。

　　但能用轻松幽默的方式写成书，我觉得很了不起！

《等一个人咖啡》导演／江金霖

　　跟阿喵相处就如同看他的电影一样，总会让人感受到一种甘醇不腻的人情味。他的待人从不拐弯抹角，就像他的电影从不矫揉造作一样，无论是谁，他皆以最简单且真诚的情感与人互动。正因如此，阿喵的人缘一直很好，喜欢他的电影观众群也很广，因为"真实"就是阿喵和他电影的魅力！

这次，阿喵认真地跟我说他想出一本书，记录这一段翻滚的历程。我从他炙热的话语中，再度感受他认真对待读者的那份诚恳，也相信他长年的创作坚持，一定能再度交出真诚的作品，同时我期待读者也能在这本书当中，更加了解这个男人如何能不断"翻滚"！

作家（《宅女侦探桂香》《爱情保险员》小说作者）／伍臻祥

林育贤的个人故事，正是过去十五年台湾电影史的缩影：年轻时走过台湾电影最悲惨的二十世纪九〇年代，终于熬到二十一世纪初的重生复兴，成为新生代导演群中的大将，再跃升为首批跨足两岸影坛的领头羊，将台湾的电影美感和技艺，带向更大的华语市场。喵导几乎无战不与，其结合纪录片和剧情片的"翻滚三部曲"，自然成为他三个人生阶段最深刻的注脚！

正如喵导的为人，其文字也充满画面感，以及简单真挚的魅力，带领读者回顾这精彩的奋斗旅程。然而旅程还只来到中点，我们期待导演下一个十五年、三十年更好的作品出现！Fighting！

兰阳平原的男孩

初识林育贤时，觉得这人好沉默，半天骗不出两个字来，好难聊天。

熟了才懂，这真的是个兰阳平原长出来的孩子。

他很宜兰。绿色宽广平原，蓝色海岸线，生长出的心胸开阔的质朴男孩，或许沉默，但沉默底下，怀抱着生意盎然。

宜兰地形特殊，靠海，却又有平原、有高山。阳光普照时，海水与平原的景致风光非凡；但当台风直扑，它却首当其冲，总是满目疮痍。所以我常在想，阿喵性格坚毅的部分，应该跟那一方水土有关吧！

他最爱说的词就是"翻滚"，总把这两个字挂在嘴边。刚开始听真的很励志，听久了便忍不住翻白眼，这么多年了，可以换个说法吗？他偏不，还是继续叨念着那两个字。

他的这些短文，是多年累积起来的，累积了他人生的跌宕起伏；看着他的文字，我忍不住又想起"翻滚"这两个字，他真的是用生活与生命，实践他对"翻滚"意义的执着，即便带着笑，即便带着泪。

体操选手／李智凯

"翻滚三部曲"，十年的光阴，记录了我的体操人生。

因为有了喵导，让男孩成长为男人变得与众不同，平凡的我变得不平凡，我可以说是"从小看着喵导长大"（哈哈哈），他坚持的态度，永不妥协的执着，让身为体操选手的我，在面对困境时，拥有了不放弃的勇气。

导演／林文龙

我认识林育贤导演，是在他最困顿的《六号出口》爬不出来，而《翻滚吧！阿信》还翻不上去的状况下。这差不多近十年的时间里，看他总是有一种泰然自若的节奏感，我实在不解，在这么残酷的电影工作环境中，他哪里来的优雅啊？

看完整本书稿后，我总算懂了，这本书是李连杰老婆等级的（书中有解答，借用来自电影前辈廖庆松先生的冷笑话）。

"我还在拍电影啊！"大概是本书唯一的肯定句，说是坚持梦想，实在太俗套，其实是阿喵的真心喜欢，丢不掉的喜欢。

导演／林正盛

年过四十，回头看自己人生一路走来的样子，总不禁要赞叹因缘造化之奇妙，不可思议地引领走出如今的人生，然而却又不禁感叹一种难以言明的宿命感，仿佛其实一切都早已注定，我们就只是把它走过来而已。

人生一路走来，其实苦多乐少，悲伤多过欢喜。但是林育贤选择了一种有趣的叙述，连痛苦悲伤，甚至生命苦难都写得让你读了好笑又好哭。其实作者提供我们一种面对人生很好的态度。

《翻滚吧！男人，还有喵导》推荐给大家，这本书，读来笑中带泪。

体操教练／林育信

一个年代，一个故事，林育贤导演就是帮助体操选手向往翻滚年代的推手。他把翻滚故事推入观众的心，给小朋友、家长参与学习体操的动力，也创造了十六年后台湾选手挺进奥运。感谢我们林家最细心、聪明、温和的小弟，一路帮助林教练翻滚人生，最终完成哥哥委托的不可能的任务。

"翻滚三部曲"，给了我们美梦成真的希望，感谢喵导！

演员／林辰晞

生命的强度可能掺杂了一点运气，坚毅的心智也许是那不甘心的一口气锻炼来的。我们到底是一个什么样的人？我们是如何去定义自己？

在这美丽的世界发掘、探索，从年幼翻滚的泥巴地、水泥地……皮开肉绽都刻骨铭心，紧接在江湖中心灵与精神的翻滚，更是数不尽的鞭策，每一鞭都打进心坎里！人生掺杂着各种爱恋情仇、是是非非，面对的同时就是成长……，然而在各种选择中，我们也不断地成就自己！这是一件多么幸福的事呀！还有什么遗憾？林阿喵能这般地活出自己，我们何尝不是经历着各种意外和惊喜？

合上书后，我更加确信，要加倍勇敢地翻滚我的人生！这才是我能够教会我孩子的事。

《九降风》《百日告别》导演／林书宇

这么会拍励志电影的导演，想必自己的人生也充满了励志；而没有跌倒过的人，哪来的励志可言？正在实践梦想时，容易忘记追梦的苦甜，谢谢喵导与我们分享他人生的起起落落。我一口气把这本书看完，现在可是被点燃了斗志，准备好继续往前冲了！

戏剧指导、演员／陈竹升

在喵导流浪北京前的一个夜晚，我们在车上聊了些五四三。

彼此祝福之后，我将仪表板旁放了许久的一颗石头送给他，并且没创意地说了句："滚石不生苔啦！"

那是一颗巴掌大的鹅卵石，是在《翻滚吧！阿信》的筹备时期，大伙儿到宜兰小溪旁烤肉，我在溪里捡的。送给他，是希望为他的勇敢添些力气，不忘故乡还有人、有情。或许是祝福太诚心，喵导不但没"生苔"，还很"滚石"！经历一段奇幻之旅，这颗石头磨圆了些，也磨亮了些。

来看看我的朋友，如何认真过他的人生，说自己的故事。相信，你也会想交这个朋友。

《甜蜜杀机》《痴情男子汉》导演　　／连奕琦

时间会改变很多事，譬如让男孩变成男人；时间也证明很多事，譬如坚持。

翻滚吧！男人！

《六局下半》《翻滚吧！男人》导演／郭乐兴

认识二十几年，看着阿喵的背影，勇往直前地朝电影这条路不停迈进。就像他影响身边很多人的方式那样。

"不好意思又推你入坑。"喵导总这么说，但我是开心的。

那些和喵导一起拍摄纪录片的过程中，所看见的人生风景，都是我生命中珍贵的宝藏。

《引爆者》导演／庄景燊

阿喵的三十岁生日，是跟我一起度过的，但我不确定他还想不想保留那天的记忆。

那些年我们都很菜，从淡水搬到承德路的顶楼加盖。楼下是攘往熙来的统联客运总站，"高雄—楠梓—冈山"没日没夜轰炸着我们的电影梦。又住了一年，七人帮不敌现实经济因素，原有的"影像合作社"正式解散，各自搬离。那晚，正好是阿喵三十岁生日。

当我从阿喵手中接过沙发，两个大男人气喘吁吁挤在无法转身的旧式长楼梯时，我对他说了句"生日快乐"，我永远忘不了他的苦笑，他说："干，庄景燊，我再也不要帮你搬家了！"那个苦笑像是在不甘心地问："楼下的统联乘客买张车票就能抵达终点，而我们的电影路，到底何时才能出发？"

其实，早在电影文艺营认识阿喵的时候，电影之路早就出发了。这些年，我们各自努力，每当低落不前时，总是会收到来自阿喵的鼓励。不管他遇到多大的困难，他总是能再挤出点力气，传递给身边的人。"不翻怎知身体好，不滚怎知梦想美"，就算跌倒，也要再爬起来，我想阿喵就是"翻滚精神"最好的体现者！

演员／彭于晏

喵导说："每个人都在'翻滚'中长大成人，然后完成自己的故事。""翻"需要勇气，"滚"就要坚持不怕痛。因为喵导，才有了这个翻滚的团队走在一起。

认识喵导十年，这十年中我们一起"翻滚"过，又分开各自在自己的生活中继续"翻滚"。所有的男孩也都在成长过程中变为男人，朝自己的梦想前进，这就喵导的翻滚精神。

翻滚吧！喵导！

大夏数位传播制作人、喵导大学三级班导师／彭丽华

关于书中，阿喵描写至我家晚餐一段，我真的不记得那晚做了什么法式料理，但我喜欢这种玛德莲娜与茶相遇的波动。

我更记得课堂上初遇的时刻，发亮的眼睛如此专注。同堂课的同学曾吃味地说："老师最偏心了，阿喵不管做什么都大加赞赏；我们很用力的作品，老师也能找到批评的理由。"你的杰出，让我第一次感知教书的乐趣。

当你再度出现，很开心我们共同创造了一段生命历程，以及作品。在我面对生离死别的凌迟时，你也正一杯杯品尝人生不同程度的苦酒；庆幸我们都活过来了，依然保有不灭的创作热情。

下一幕已升起，登场吧！

《翻滚吧！阿信》电影监制／黄江丰

林育贤，大家口中的阿喵、喵导，我的事业伙伴，终于要出书了。

书中无私地分享他这二十多年来的点点滴滴，很荣幸在这条道路上，有他陪着我一起挑战。

这是一个有关"勇敢追梦"与"如何面对失败"的真实人生剧本，而阿喵的人生故事，还在持续上演着，未曾放弃！

友谊万岁影业制片人／黄俊民

那些年我们在"冰之恋"的日子

哈啰，我就是阿喵在书中经常提起的那位"神奇的杰克"。

你有没有那么一位朋友跟自己一起长大，一起追女朋友，还一起喜欢上同一个女孩，一起在公车站牌下过生日并且共享一个巴掌大的小蛋糕，一起经历了九二一大地震的生死瞬间，一起经历成长阶段的种种喜怒哀乐……？他就是我三十五年来的知心之交"阿喵"。

从小到大，我们有福同享、有难同当，虽然我比他大八天，但我俩的相处他更像是我的哥哥。调皮爱闹的我，总是少不了他的念叨与叮咛。初中时候，阿喵家在罗东夜市里，附近有栋商业大楼，整栋楼总共五层，一、二楼是餐厅叫作"冰之恋"，专卖刨冰与牛排，三、四楼是有点色色的KTV，五楼则是我们住的地方。餐厅的对面是公园，隔壁是电动玩具店，公园口有家卖米糕的路边摊，每天晚上十点准时开摊，一碗米糕加贡丸汤，就是阿信哥、阿喵还有我三个人的夜宵。有时心血来潮，阿信哥会带着女朋友还有我们两个跟屁虫去"耐斯MTV"（MTV在当年是追求女孩的圣地）。阿信哥总是挑恐怖片来看，坐在我们前面的他，抱着不时假装发抖与尖叫的女朋友，阿喵跟我则是坐在后面抱着枕头翻白眼，这是我仨人当时常常上演的戏码。

暑假到了，我们几乎天天在餐厅瞎混，阿喵跟我在外场点菜端牛排，阿信哥则在厨房耍帅煎牛排，那个夏天的牛排煎得让我们一辈子都忘不了。因为阿信哥半路出家学煎牛排，所以当他想知道铁板热不热，就随意吐个口水试温度，带着体操选手的性格，边煎边甩牛排，结果一不小心掉地上，赶紧捡起来淋上黑胡椒酱，就变成黑胡椒牛排了。小时候的我很喜欢打电动，常常忙到一半就消失不见，这时候阿喵就会到隔壁的电动玩具店把我抓回来。那个夏天，我俩就这样每天穿梭在整栋楼之间玩耍。空闲的时候，我们会上三楼的KTV跟一位姊姊聊天。她长发飘逸，穿着个性又亮丽，唱起歌来超迷人，我们深深觉得她其实暗恋着阿信哥，虽然她从来都不承认。不过，她对我俩倒是蛮好的，常常买东西给我们吃。

那年，早熟的我们喜欢上了同一位女孩。谁知道就这么戏剧化的，那位女孩喜欢的却是阿喵。我被残忍拒绝后，心里无比难过，一个人躲在地下室储藏间喝闷酒，边喝边摔瓶子。阿喵看不下去，跑来安慰我，当时我喝多了借酒装疯，居然跟他吵了起来。这是我俩第一次吵架，当然几天后我们就和好了。

以上是我们年轻时的某一段青春回忆，它记载着我跟阿喵很重要的人生印记。一个总是会在生活中冷不防给你惊喜、让你感到无比温馨的朋友；一个大男人的外表下，却有着一颗很细腻的心，他就是"林育贤"。这本书记录了他从小到大的翻滚历程，一路滚来，不甘于现状，并且努力挑战不可能的人生，推荐大家一定要好好地欣赏。

《一首摇滚上月球》导演／黄嘉俊

　　Facebook "历史上的今天"是阿喵和我夜宿潜店的照片。五年前，阿喵约了我去学潜水，因为他喜欢上一个女孩，如果不会潜水，他就无法游进她的世界；潜水学会了，但他们终究没有在一起。后来他翻滚去了北京，只留下我继续在海里。

　　阿喵的新书，满满写着电影，这是他的人生使命，但我更喜欢电影之外的阿喵，一样勇敢热情。谢谢他的帮助，让我完成了纪录片《一首摇滚上月球》，也谢谢他不朽的"翻滚"之路，顺势打开了我"摇滚"的电影奋斗之路。

导演／关锦鹏

　　喵导的第一部剧情长片电影《六号出口》的不成功，甚至让他欠债，都没有把喵导打败！我觉得是因为这个挫折，让他找到"相信自己的纯粹"。

　　从《翻滚吧！男孩》我们看到他哥哥林育信教练强韧的生命力；《翻滚吧！阿信》则进一步因为信任，让他找到更多、更好、更纯粹的角度，描写出饱满且细节丰富的阿信角色。喵导，你我都知道电影路不好走，我们共勉！坚持相信自己的纯粹！

目　录

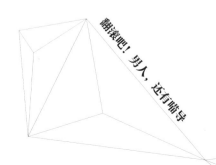

第三幕

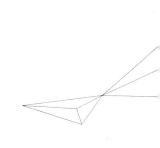

如果可以因为制作一部电影，而感动、鼓励到许多人，并且改变了他们的生命，那我十分愿意继续我的电影梦。

序场

< Prelude >

我，四十三了。

我承认这个数字让我十分不想去面对它，因为它代表了你将会以"哥"的身份行走江湖。"哥"这个字充满了不确定性的暧昧感，就像大多数歌迷看到眯眯眼的男韩星大喊"欧巴"一样，唯一比较确定的是，身边动不动就会出现许多整整小你一轮的"妹"。

不过如果你到四十三岁，才发现更了解自己一些，应该还不算太晚，至少先诚实面对自己，似乎才有力量继续往下走吧。所以我打算从现在开始，效法香港歌手谭咏麟先生，用年年二十五岁的心态，迎接未来的人生。

我叫林育贤，金牛座，O型血，一九七四年生，十八岁之前在纯朴的宜兰罗东小镇平安度过。小时候头太大，走路重心不稳，导致额头与下巴缝了七针，从家中二楼滚到一楼的次数难以计算，最后父亲大人生气地在二楼楼梯口加装安全栅栏。但是我完全没有这段时期的记忆，可见当时摔得不轻。

有人曾经问过我一个问题，是否有什么人、事、物让我发现自己潜在的特质，然后踏上电影这条路？我想起为父亲大人往生举办纪念法会时，那颗从夜空中划过的流星。

那年我七岁，还记得那个夜晚，全家围着一个烧纸钱的火炉绕啊绕的，可能是绕得头晕眼花了，法师说："大家一起抬头看天上，你老北已经过桥了，他的身体与记忆将化作一颗流星，转世投胎去了。"结果夜晚的星空中果真划过一道流星，真是神啊！一个充满奇迹与希望的夜晚记忆，成为我心中不可磨灭的画面。

苦闷的高中时期，由于当年乡下资讯不发达，只能通过收音机里的广播节目，作为与外界沟通的桥梁。朋友生日时，我会自行录制广播节目《午夜喵声》作为贺礼，那时发现，原来说故事可以感动不少朋友；十八岁北上念大学时才知道，原来我也可以拍电影，于是开始全心投入。

二〇〇三年台湾电影年产量不到八部，万万没想到失业的我，回到宜兰老家却意外拍了轰动全台湾的《翻滚吧！男孩》。那时我以为我的时代来了，却因为二〇〇七年拍了《六号出口》票房不佳，让我彻底在西门町"仆街"，负债三百多万。我曾经想过要"跑路"，但想到下次再回台可能已经六十多岁，心有不甘决定再给自己一次翻身的机会，哪怕只剩最后一把，也要用尽全力"翻滚吧！阿信"。历经十五年，终于来到了"翻滚三部曲"最终版《翻滚吧！男人》，我深深体会要成为一位男人，这一路走来"真他妈的"不容易。我回想起了二〇〇五年，当我上台领取金马奖最佳纪录片时说的一段话："在还没站在台上前，我经常跟自己说拍电影实在太苦了，放弃吧！幸运的我，今天有机会站在这里的此刻，我只想跟自己说，我愿意继续翻滚下去，谢谢电影。"

对于现在的我来说，如果可以因为制作一部电影，而感动、鼓励到许多人，并且改变了他们的生命，那我十分愿意继续我的电影梦。

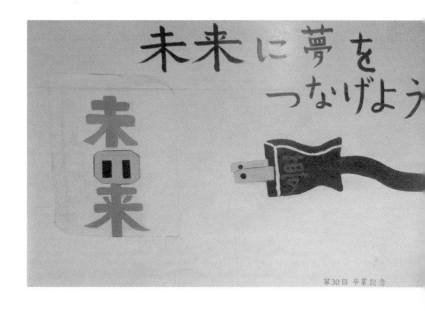

"想哭的时候就倒立，

这样眼眼泪就不会流下来了，知道吗？"

一切都是从翻滚开始的……

也许很多事情，在很小的时候都已经决定了……

我只是继续翻滚着……

第一幕

< Act One >

< Act One >

似乎一切的一切
都是
从翻滚开始的吧……

也许很多事情，
在很小的时候都已经决定了……
我只是继续翻滚着……

根据我老母的说法，一九七四年我不该出生（那年美国总统尼克森因为"水门事件"下台，日本Hello Kitty也在那一年诞生了）。我老母说："当年我跟你老北带着你姊跟你哥在梨山上忙着种水果，根本没空处理你……"

　　也许是我的生命力够强，最后我还是来到这个世界了。所以从小我老母都跟我说，我是从路边石头蹦出来的。某一天的黄昏时刻，她一时心血来潮跟我父亲大人去河边散步，经过一颗大石头后，事情就这么发生了。

　　小时候我的身形长得有些奇怪，街坊邻居都叫我"大头贤"，头大身体小，重心不稳，因此经常跌倒。

　　事迹一：坐木制折叠椅可以坐到被椅子夹住，只剩两只手在外面甩啊甩，活像只被捕鼠器夹住的老鼠般翻滚着。

　　事迹二：经常性地从家中二楼楼梯口直接翻滚到一楼，而且竟然还可以活得好好的。据说我父亲大人对此十分生气，在二楼楼梯口加装了小门，不过我依然继续翻滚着。

事迹三：走路到对面邻居家找我哥，一时重心不稳，在人家门口跌倒，撞到门前小水沟上的木板。爬起来时，直接把木板拔起，因为两根大铁钉就插在我左边额头上。邻居阿姨看到时惊吓大叫："救人啊！这个小孩死定了，伤口深可见骨咧……"很幸运地我并没有挂掉，只是换来额头缝了五针的印记。

以上这些事情，都是长大后姑姑告诉我的，我完全没有那段时期的记忆，可见当时的我滚得不轻。

不过有件事我却记得十分清楚。

铁道涵洞是宜兰特殊的地景，铁路穿过稻田将宜兰一分为二，一边为热闹的靠山城镇，一边则为平静的靠海乡间住家，铁道底下会挖一个山洞作为人车通行的道路。小时候的我总觉得铁道涵洞拥有一种神祕性，似乎经过它后，就是成长的开始，只不过这个滋味有些苦涩。

有一天小学放学后，我跟邻居阿毛因为羡慕同学的塑胶人偶宝剑玩具，没钱买的我们只好自己打造。我们捡了许多铁钉，然后用了吃奶的力气爬到涵洞上面的铁道旁，将铁钉一一排列在铁轨上，等待火车到来。

我们学着电影里的人物，将一边的耳朵贴在铁轨上试着探听火车的声音，可是只听得见阿毛紧张的心跳声。

阿毛生气地说："原来电影是骗人的，什么都听不见啊！"

当我再度抬头时，我大声叫阿毛赶快逃跑，因为火车就在离我们不远处急驶前进，我俩几乎是连滚带爬地翻到铁轨旁，然后我看见几支发出火花的铁钉，瞬间转化成神圣的宝剑在空中飞舞着，接着就是阿毛的痛苦尖叫声——其中一支宝剑不偏不倚地插入他大腿里。

傍晚时分，火车上灯光投射的窗影在我们的脸上不断地流动着，我们只知道开心地傻笑着。

所以说，也许很多事情，在很小的时候都已经决定了，我只是顺着走来——不，应该是说，我只是继续翻滚着……

02_ 父亲大人（右）与他弟弟，分别抱着同龄的我（右二）与堂妹的合照

03_ 大姊（中）、二哥（右）与我（左）的童年沙龙合照

< Act One >

关于"痛"
这件事

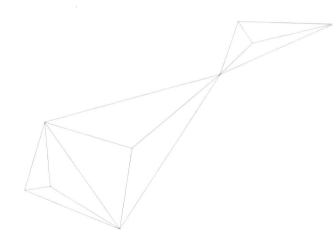

▽

人生第一次经历所谓"痛"的感觉，
是在什么时候呢？

还记得你人生第一次经历所谓"痛"的感觉，是在什么时候呢？

故事发生在我读幼儿园中班，倒不是纯粹的皮肉痛，虽然我老母那根藤条足够我翻滚好几回，而是真正来自内心的痛。

那年我才五岁，却做了第一件恶事情。

那时候乡下出现了孩子们的饮料圣品"养乐多"，虽然不是蛮贵的但似乎也不容易喝到，你必须要自己花钱订，每天中午才会出现在幼儿园午餐桌上，不然永远都只能喝阿姨煮的红豆汤。

你还记得幼稚园的味道吗？那个滋味就好像被数百罐养乐多浸泡着的感觉，现在回想起来还是觉得有些起毛。尤其是午睡的时候，五六十位小孩平躺在一间大通铺，各自包裹着自己熟悉味道的小棉被，集体翻滚着。

可能是我太羡慕许多同学午餐都有一瓶养乐多可以喝，某天午睡时，我梦到我在养乐多游泳池翻滚着，一边游泳一边大口喝着养乐多。由于太过兴奋，我放肆地宣泄着——无敌大尿床。不幸地，最后尿水淹到了隔壁女孩的床单。

那天傍晚，我老母带着我跟人家道歉，我看见小女孩红了眼眶，她的母亲在我面前将小女孩粉红色的可爱小床单丢进垃圾桶，老实说，那一刻我蛮难过的。半个月后，我老母可能觉得实在太丢脸，于是把我转学了。

不过在转学前，我干了一件大事。

在尿水淹床单的隔天，我想尽各种办法拜托我老母让我订养乐多，一个月就好，我不懂她为何不肯。每天傍晚，我老母会召集家里三位小孩围坐在客厅，将一整天在水果行辛苦赚来的钞票倒满地，整布袋的钞票倒出来时有各种不同扭曲的样子，孩子们再将钞票一一分类后叠平。

那天，在这个熟练的过程中，我假装不经意地偷偷抽走了一张二十元钞票，压在我的大腿下面，我觉得我老母一定有看见，只是她选择当下不让我难看。后来我以为我顺利地将钱交给幼稚园导师，老师也笑着跟我说："一定是你表现很乖，妈妈终于愿意让你订养乐多啰。小贤，很棒呦！"某天当我醒来时，我发现我老母在我光亮亮的屁股上撒了一把盐，然后用尽全力地挥舞着那根藤条，那一刻我没流下泪来，却是痛并邪恶地微笑着。

周一上课时，又是全班缴交下个月养乐多订购费用的日子，每位同学手上都拿着这张钞票一一排队交给老师，我也走上前排了队。但是走到老师面前时，我手上的钞票却瞬间"啵"一声，静悄悄地消失了，然后老师在我面前将用来装钞票的牛皮纸袋封起口来，对我微笑着让我回座。

午睡的时候，那股养乐多的味道又来了，我决定冒一个大险。

我慢慢地走近那个每天透过桌子空隙、就可以看见老师穿上不一样图案丝袜的办公桌，我发现我的身高已经超过这个办公桌了。

我小心翼翼地打开了抽屉，

我下定决心地拿走了那一包牛皮纸袋，

我用尽力气地往操场狂奔而去，

我毫不犹豫地将它埋在校园的围墙土堆下。

我不知道当时的我为何要这样做，我只记得我花了十分钟看着我沾满泥土的双手，直到午睡结束的钟声响起。

我不知道这件事情为何没有任何人追究，我只记得转学前一天，中午用餐时老师发给每位同学一人一瓶养乐多，我与大家开心地喝着，直到午睡钟声再度响起。

父亲大人说
男孩子不许哭

▽

父亲大人因为肝癌重病往生后，
从那一天开始，
我再也不想倒立。

我承认我从小就是个爱哭鬼，而且是那种十分难缠的爱哭鬼，只要父亲大人答应我的事没有做到，我就开始使劲地用力哭。通常这种小孩下场应该会被修理得蛮惨的，不过父亲大人却从未打过我。唯一记得一件算是处罚我的，是某次父亲大人训练我跟哥哥练习溜冰时，我老是站不稳，一滑就摔倒，可能是头太大了重心不稳，后来干脆耍赖倒地大哭。

　　父亲大人突然大声地说："男孩子不许哭。"这应该是印象中，父亲大人对我口气最严厉的一次。不过父亲大人一下子就变得温和，将我拉起身："来，我教你们兄弟俩倒立。"

　　父亲大人将我跟哥哥两人的腿举起靠在墙上，哥哥果然有天分，双手撑得直挺挺的，可是我一下子就手软用头顶着，父亲大人笑着对我们说："下次想哭的时候就倒立，这样眼泪就不会流下来了，知道吗？"

　　这件事情过没多久，父亲大人就因为肝癌重病去世了，从那一天开始，我再也不想倒立。现在我都不确定这招是否有用，但依稀记得当时倒立的我被自己的鼻涕呛到了。

父亲大人在往生前交代我老母一件事，可能也是影响我走上电影这条路的原因，他知道我哥哥确定走"武"，我应该只适合走"文"，于是父亲大人要我老母让我去学习绘画，不管再穷也要让我去学，除非哪天我自己放弃了。

可能我真的有些天分，小三时就已经拿下全台湾儿童组绘画冠军，直到小四那年发生了一件事，让我开始对学画画这件事摆烂。那次为了报名日本一项国际儿童绘画比赛，我很认真地画了三天三夜，老师说："你这只鸡画得不错噢。"我承认我画得有些抽象，但我画的明明是孔雀啊！最后老师还是坚持在报名表上填写画名：动物园的鸡。

从那天起，我开始翘掉每周三的绘画课，我再也不想为比赛画画了。不过我发现我的美术成绩一直到小学毕业时分数都很高，因为我老母持续缴着学费，老师也一直默默地收到我小六毕业，虽然从那天起我再也没有去上绘画课了。

小时候我算是父亲大人的爱将，所以每次他只要去台北批发水果，就会顺道去百货公司，买当时最火红的日本无敌铁金刚玩具给我，因为大家都没亲眼见过这种玩具，所以乐于分享的我，当时算是邻居儿童界的孩子王。不过这一切其实是因为我跟父亲大人之间有个秘密。

每到周末傍晚，父亲大人就会穿着帅气的花衬衫，骑着擦得啵亮的Kawasaki机车载我出门，只是他每次跟我老母说的借口，千篇一律都是要去参加兄弟会，很显然我就是父亲大人的挡箭牌。不过我老母也算见过世面，总是睁一只眼闭一只眼，用手捏着我的脸说："帮我看好你老北喔！"

父亲大人有十二个结拜兄弟，他排行老二。父亲大人讲起结拜的原因，是他们年轻时，有一次为了保护自己菜市场的地盘，而跟外来的人起了冲突，于是这十二位不同水果行店家请的伙计们，很有默契地同时从脚边袜子里，拿出私藏的十二把扁钻一同对抗外敌，可以想象当时的画面一定颇为惊人。但是当我见到他们真面目时全都幻灭了，因为当年年轻气盛的小伙子们，早已经变成大肚头秃的欧吉桑了。

"东云阁"这三个字是否充满了粉味的想象呢？这家店算是当时罗东小镇上颇为知名的大酒家。父亲大人掀开布帘后，一阵热情的招呼拥来，可以感受到父亲大人在这边蛮称头的，跟在后头的我，竟然也有一种与有荣焉的羞涩感。

父亲大人跟妈妈桑要了一个布丁，让我坐在包厢门口的小板凳上等着。一个颇有姿色的女子为父亲大人递上香烟，然后轻靠在父亲大人的肩上为他点烟，父亲大人微笑地回头对我呼出一口烟，烟雾散去后，我透过布帘，隐约看见这位身穿黑色绒质旗袍的女子，开高衩下的白皙双腿在我眼前晃着，我竟然有些脸红。

送客时，这位带着醉意的女子蹲在我面前捏着我的脸说："我差一点就当你妈了。"父亲大人回头微笑，却似乎假装没听见地潇洒漫步离去。

　　多年后，这段封存在我记忆中的画面再度浮现，当我到台北念书时，在西门町"中国戏院"看了吴念真导演拍的电影《多桑》，片中有一幕我几乎看到父亲大人活生生地从银幕里走来，并回头对我微笑。那一刻，我在戏院哭惨了，就像回到当年那个爱哭鬼的我一样。

04_ 父亲大人带哥哥（右）与我（左）去"中
影文化城"游玩合照

< Act One >

林育贤就是林阿喵，
林阿喵不一定
等于林育贤

▽

苦闷而找不到出口的感觉，
让我知道自己需要一个流浪的名字。

如果我没有记错的话，初二那年就已经准备好这个名字了，林阿喵。因为那时的我突然很想去流浪。

　　我应该算是没有历经所谓叛逆期的孩子，就是那种在大人眼中很好处理的小孩。自从我父亲大人过世后，我开始过着寄居般的生活，学习在不同亲戚家度过我的青少年时期，所以从小我似乎练就了察言观色的功力，因为我一点都不想造成大家的麻烦。

　　印象最深刻的寄居生活，是十五岁那一年来到台北的日子吧。

　　那时雪隧还没开通，住在宜兰的孩子要前往台北不是一件容易的事，对家人来说也是一件大事。那时对台北的想象，大多来自我哥与他朋友们臭盖的话题："西门町、万年大楼、冰宫，以及甜不辣"，算是当年我拼凑出来的台北印象。对我哥以及他那一票朋友来说，一定得要夜骑一趟九弯十八拐的北宜公路，到台北西门町吃一碗甜不辣才算转大人。

　　初中毕业，我意外落榜了，没考上高中，不过也许是故意的，我老母本来想轻易打发我，要我去念夜间补校，幸好跟我一起长大的好友杰克有魔豆般的神力，竟然可以找到在台北松山一家价格便宜到爆的"初四"重考班，让我说服我老母放我一马。

杰克说："我们一起去台北吧！虽然离L.A.[①]还很远，不过至少距离又拉近了些。"

杰克的父母在他小六时，全家移民到美国，不知为何只留下他一人，他老爸说等他初中毕业后再带他去美国。阿公阿嬷因为不舍，决定留下来陪他，不过幸福似乎很快又从杰克身边离去。

某日清晨，他的阿公阿嬷在梅花湖散步时，被不明人士撞伤逃逸，来不及就医便离开他了。从那天起，他几乎天天跟我鬼混在一起，尤其每次月考前复习英文时，他总是跟我说："不要念了，因为明年我们就要去美国了啊！"不可思议的是我竟然完全相信这件事，我们两人开始做着开车横越美国66号公路的白日梦。

于是一年一年就这样过去了，直到初中毕业，我们终于离开了宜兰，但不是去美国，而是去台北报名重考班，虽然如此，不过的确是离美国又靠近了些。

那时我住在永和二叔家，但却跑到松山去上课。对我老母来说，目的是便宜又有地方住，但对我来说是可以保持适当距

---

① 编者注：美国城市洛杉矶英文 Los Angeles 的缩写。

离。一早六点钟搭着第一班的基隆客运出发，然后再搭最晚一班十一点公交车回到永和。印象中，基隆路是一条永远都在塞车的道路。

因为二叔家房子不大又有三个小孩，所以我跟堂弟睡在同一个房间，房间里只容得下一张书桌和一组上下铺的木头床。堂弟因为年纪小，为了安全我得睡上铺，上铺大小刚好容得下我的身长，坐起身又刚好顶住天花板。二叔特地在我的床尾钉了一个可以伸缩的木板，好让我可以挑灯夜读；收纳好的木板桌，在睡觉时刚好可以当我的垫脚板，一切似乎都那么刚刚好。

每天早上，我会努力喝完二叔为我冲泡的500cc克宁热牛奶，然后带着经常被我遗忘在书包里、被课本压扁的菠萝面包出门搭公交车，中午会跟杰克离开补习班出去吃午餐，不过因为实在太穷了，两人经常买个便当在公车站牌旁的座位分着吃。

每个月月初我们会开心点，我将我妈寄来的钱，分成三等份，一份留给自己，一份给杰克，另一份就是我们的午餐以及探索台北的"琐费"。

晚上回到二叔家，婶婶会留当夜的饭菜给我，每次我都很用力地把它全部吃完，这样婶婶似乎会开心一点，因为当时我的堂弟妹正值青春叛逆期，试图用绝食来抗议被限制的青春。

一直到现在我都还记得，每个下雨的周末，我们只能待在四楼阳台，隔着栏杆往天空用力射出一架架我们折了一下午、却十分不争气的纸飞机，只愿意飞过一点点我们的高度后，就在眼前迅速地坠落到一楼的屋檐上。

那种苦闷而找不到出口的感觉，让我知道自己需要一个流浪的名字，或许早在我父亲大人离开我的时候就需要了，只是一直找不到适合的。

还没上台北的某天，我收到北上念复兴美工的大姊寄给我的一封信，开始启发了我。重点不是信的内容，而是信中字体的写法，叫作POP字体，是当时正流行的美术字体。从初二那年开始，我自愿利用每周三下午自修课帮班上画活动海报，后来愈画愈上瘾，开始为全校每个社团画，停不下来地一直画。直到有一天大姊从台北回来带我去看一部叫作《流氓大亨》的电影，我迷上周润发以及他在片中的小名"船头舵"，我发现我急需一个够称头的小名。

《英雄本色》的小马哥呢？不行，因为当时街上一堆咬着牙签的小马哥。《伴我闯天涯》够冷门了吧？片中的小女孩叫着周润发"喵哥"，我反复念着"喵哥""喵哥"……就是它了。从那天起，大家的毕业纪念册出现了我的留言：伴我闯天涯，一起去流浪吧！阿喵留。

至于从小听我哥他们臭盖的"西门町、万年大楼、冰宫，以及甜不辣"，十五岁那一年终于来到台北的我，竟然完全忘了这回事，直到二〇〇七年拍摄电影《六号出口》才与它们相遇。

< Act One >

重考班的
爱恋小插曲

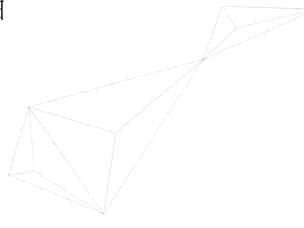

▽

这或许将是我们这辈子，
最后一次走在一起的十分钟了……

重考班这个地方，对于有经历过那个年代的少男少女们绝对是一个特殊的记忆。照理说是初中毕业了，可是却继续穿着各自的初中校服，每天继续"假装"去上课，只是地点不是校园，而是每个座位只有五十厘米的拥挤空间。不过对我跟杰克来说，那是离开故乡、认识未知世界的开始，我们都认为当时这趟短暂的一年台北之旅，深深影响我们往后充满冒险精神的人格特质。

那一年，我们各自拥有一段没有终点的爱情小故事。我们喜欢一对来自汐止的姊妹花，好像是表姊妹关系。虽然有好感，但当时的情境也实在没办法表示什么，于是下课后，从补习班护送姊妹花到松山火车站上车，那短短十分钟的路程，竟然是我们在重考班那一年来最欢愉的时刻。

杰克喜欢表姊，但两人的身高实在差太多，一七五厘米的表姊对上一六〇厘米的杰克，每次走在他们后面，都像庙会七爷八爷出巡似的，不过也因为两人时不时的斗嘴戏码，替苦闷的我们带来不少笑料。至于我跟表妹，一整年下来只是默默地跟在他们后面看戏，有时笑到歪腰肚疼，有时双眼不小心对望，似乎有好多话想说但又压抑地说不出口，只有继续静静地走着。

直到重考班的最后一天，我们四个人维持一年来同样的队形，走向松山火车站，可能大家都知道，这或许将是我们这辈子，最后一次走在一起的十分钟了，连平常打打闹闹的七爷八爷都突然安静起来了。我跟杰克第一次买了月台票，跟着姊妹花在站台一起等车。火车即将进站，我知道如果再不说些什么就来不及了，但我没有开口。上车前，表妹突然回头对我说："再见了！"真该死，我还是没有勇气说点什么，只有点头。

火车启动前，我赶紧从背包里拿出那天在课堂上，偷偷画了表妹侧脸的人像画，递给坐在窗口的她，表妹第一次直视我的双眼，给了我一个迷人的微笑。火车开动了，表姊突然从窗口探出头来喊着杰克的名字，杰克跑上前试着追上但火车已经出站，我看着杰克喘气抖动的背影，汗水中似乎泛着泪光，这大概是我第一次看到杰克哭泣吧。

离开台北前，我们做了最后一件事，庆祝我们生日快乐。我们两个都是五月的金牛座，生日相差八天，我们买了一个小蛋糕插上一根蜡烛，坐在松山后火车站的公车站牌座位上许愿望。

"虽然现在我们实在穷爆了，可是却很开心，永远不要忘记此刻的感觉。"

"希望以后我们可以在不同的国家一起庆生。"

"是在不同国家的公车站牌庆生吗？"

"哈，这样也很屌啊！"

"以后我们一定要成功，加油！"

06_ 神奇的杰克（左）与我在小学
五年级的合照

< Act One >

"午夜喵声"

每天午夜十二点零零分

准时开播呦

▽

"嘿！今晚你好吗？

这里是午夜喵声，喵……"

在台北寄居生活一年的我还算用功，最终补习班预测分数落点在师大附中。就在决定是否报考前夕，杰克接到他爸的电话，说要等他当完兵才能带他去美国，那一刻我们决定回宜兰，心底暗干："去他妈的美国梦！"

　　后来我们都很顺利地考进第一志愿罗东高中，那年罗东高中开始尝试男女合班并且换了新制服。我的班导师是教三民主义的，所以同学们练就一番好功夫，可以将三民主义倒背如流，甚至问我第几页第几行是什么，我都可以立即背出来，但是"三民主义"的真理是什么，却经常出现在我与班导师的周记簿。

　　当时的周记簿不外乎抄一些国家大事，但有点反骨的我，却尽写一些生活无聊琐事，对于导师的穿着指教，或是分享一些班上同学的小故事。十分欣慰地，我没有被送到生活辅导组，然后被贴上问题学生的标签，反而在周记簿来回之间，跟导师有了些特别的交流，仿佛在成长过程有人替你保守着一个秘密，对当时的我十分重要。

或许是因为比班上同学年长一些，有门路从台北弄一些流行的东西回来，例如黑名单工作室出的《抓狂歌》，或是林强第一张专辑《向前走》录音卡带，大家轮流听到带子断掉，然后粘一粘继续听。甚至林强出第二张专辑《春风少年兄》时，我们进行了更疯狂的计划。

根据唱片行老板可靠消息，我和杰克得知林强将在专辑首发当晚午夜十二点，于台北公馆金石堂登台签唱。不过隔天就要月考，我们计划了一下，发现得搭上隔天一早四点半的平快火车回到罗东，才赶得及直接去学校参加考试。

不过那天晚上，林强放了大家鸽子，我们买了卷《春风少年兄》的录音卡带，沿路边听边走唱到台北火车站，刚好赶上回罗东的火车。我记得那张考卷正面留了许多空白，背面却写下了满满的歌词，卡带专辑A面第五首《祝福您大家》：想起咱较早曾讲过的话，不知你咁有记详细。你讲朋友的感情，不免对别人解释，淡三讲讲也，两三句话。想起志明要去做兵那暝，为着要分开，咱曾凑阵哭过。同窗的感情今吗要去叨位找，你说等退伍回来，世界就是咱的。

苦闷的高三生活终于来了，一群人聚在一家经营不佳、看似快倒闭的K书中心燃烧青春，有人无意间在午夜十二点打开收音机，一个带有浑厚磁性的神秘女声开始对着这群少男说话："嘿！你听见了吗？咻咻……，这是花莲海浪拍打岸边的声响……那这个呢？嘻嘻……，这是一群高中女孩下课的欢笑声……这里是中广每天晚上十二点的'午夜琴声'，我是李文媛，今晚你好吗？"你想想，如果你在半夜听见新竹的风声伴随着高中女孩们下课的欢笑声，那个夜晚你应该也随着她们的欢笑声不知飘到哪儿去了。那一年，要谢谢她，因为她带着我们听了台湾各地的声音，当然还有好多的故事。

就在大学联考前夕，我住院了。

有天上课上到一半，我突然昏倒了。被送到医院后，医生说我的肝发炎得多休息，暂时不要去学校。于是我在家自学一个月，不，不是我家，高中三年我是寄居在姑姑家，我独自一人住在三楼屋顶的阁楼里。那段期间，同学下课后会骑着脚踏车带着当天的上课笔记给我，为了装可怜，我都会故意在脸颊涂上黑点，跟大家说："很惨喔！你看这个黑点就是联考的代价……"有人伸手摸摸我的脸，却发现黑点糊掉了，大叫："啊！惨了，病毒扩散了，我们都完蛋了……"一群白痴在姑姑家门口嬉闹傻笑着，站在二楼阳台嗑瓜子的姑姑看到我们的样子也只能摇摇头。

自学的最后一晚，我决定录制一个电台节目，送给我的高中同学们，跟他们说说这一个月我的生病日记，以及我们高中三年发生的故事。那是个卡式录音机的年代，一切纯手工，也就是说我要准备两台卡式录音机，一台录制我主持的内容，讲到难忘的回忆点滴或是爆笑时刻，由姑姑充当助手的另一台录音机，就会放送一首动人的歌曲，当然也忠实地记录那个时刻那个空间所有的声音："（噗——）喔！阿姑仔，你干吗放屁啦！""嘘，忍耐一下，不是在录音！""喔！好臭喔！"

"嘿！今晚你好吗？这里是午夜喵声，喵……"每当我将录好的节目播放给同学听，大家总是笑到东倒西歪，鸡皮疙瘩掉满地。后来慢慢演变成同学的十八岁生日礼物，当他／她用耳机听着我对他／她的描述，从高一新生训练那天起，到毕业前夕这三年的生活纪录，不管是我眼中的他／她，还是大伙儿跟他／她一起经历的故事。我只记得那天他／她很没用地在我们面前哭了一个小时，他／她说这辈子从来没有人这样靠近并且碰触到他／她的心。

当时，我以为我未来会去主持电台广播节目，因为可以一辈子都说故事给大家听。

至于杰克与我，虽然考进同一所高中但却不同班，我们短暂地分岔了一下，直到高二那年结束前再度合体干了一件大事。

初三那年我们喜欢了同一位女孩，后来女孩考上高中，我俩却去了台北蹲在重考班，这件事就暂时搁置在我俩心中。后来我们考进和女孩同一所高中，但两年期间我们完全没有相遇的机会，也许是老天捉弄人，或是女孩故意躲着我吧！两年后，女孩高中快毕业了，我告诉杰克再不做点什么，应该会有些遗憾吧！

那年有一部凯文·寇斯纳（Kevin Costner）主演的美国电影《侠盗王子罗宾汉》（*Robin Hood: Prince of Thieves*）正流行，于是在女孩高中毕业前夕，某日早自习时段，我们展开了一场模仿电影情节，十分蠢蛋却疯狂的青春剧。罗东高中依年级分楼层，女孩高三教室在一楼，教室外有棵大王椰子树，高度直达三楼顶，场景陈设跟电影十分相似。

当天清晨，我、杰克还有各个协助单位头儿，提早到学校预先彩排可能发生的状况。早自习完毕的钟声响起，当时已经是学校童军团的头头杰克，带领了数对男男女女先在高三女孩的教室外假装扫地，接着管乐队的好友，由萨克斯风手吹起了童军团名曲《第一支舞》的前奏，然后杰克带领的童军团放下手上的扫把，一队队随着音乐的节奏跳起舞来，坐在靠窗的高三女孩先是好奇看着窗外，接着二楼垂下了一束玫瑰花直达高三女孩的窗边，高三女孩感到惊讶，同学们则惊呼连连跑到教室外。

原本安静的高中校园忽然热闹起来了，各班的同学全都走出教室，接着教官也赶来了。

愚蠢的我跟大家挥挥手致谢，老实说那时的我紧张到心脏整个快要爆炸，但是教官似乎比我还紧张，混乱地吹着哨子外加说话结巴地警告我："林育贤，不不不……要冲动，有什么事可以好好说，千千千……万万……不不不……要跳……"也许我只听到教官说出"要冲动，要跳"这五个字的鼓励，然后就一股劲地握紧绳索奋力往下跳。当我快速地往一楼下坠的过程中，有短暂的几秒钟我终于看见了多年未见的高三女孩，不过后来手掌磨破皮与摔落地面的疼痛几乎敌不过心碎的感觉。唉，原来这就是成长的开始。

与高三女孩短暂相遇的几秒钟里，女孩逆着光靠在窗边，眼神中泛着些许泪光，忍一不一住一笑了，那个我等了许久的笑容。

后来，我们并没有在一起。毕业前夕，我收到一封来自高三女孩的信，高三女孩说："谢谢你，不过我已经不是以前的我了……当年我也曾经试着找你，但命运总是作弄人吧……"

多年后，我的堂妹说到当年我去台北念重考班暂住他们家时，有天她接到一位女孩打来找我的电话，堂妹毫不客气地跟女孩说："你别再打电话给我堂哥了，他要好好专心念书……"原谅我堂妹那时也是个青春期叛逆问题少女。

我想，在人生的成长过程中，我们都在不断地学习"如何好好说再见"，不知道我是否做到了？那你呢？

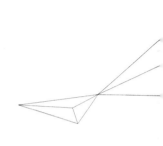

关于姑姑的另一面

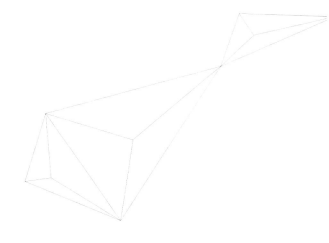

▽

觉得人生际遇就像天边的彩虹一般……
宁可记住彩虹出现时那美好的时刻。

我一直觉得姑姑身体里面藏着一个充满正气的男人，尤其是我看过她年轻时帅死人不偿命的沙龙照后，更是深信不疑。曾经听她说过，年轻时在台北工厂当女工，不知迷死多少女孩，最后差点就带着某个女孩私奔了。后来或许只是为了完成阿嬷的心愿，就继续伪装成女人嫁给了姑丈。父亲大人离开人世前，托付姑姑照顾我们兄弟俩到长大成人，从那天起，她就像一个父亲的角色，带着我们走过无数精彩的年少岁月。

不管是熬夜跟我一起打造一盏比机车还大的潜水艇花灯（我不知道小时候元宵节学校为何都要我们交一盏花灯，所以我就跟姑姑说那就来搞一个大的吧！学校收到时十分傻眼！）还是去跟学校吵架，把我哥从启智班解救出来，或是坚强对抗我老母跑路后债主派来的讨债集团……哪怕过程多么热烈与火爆，姑姑依然对我们保持着乐观的笑容。

大学毕业后，有段时间没片拍，我试着回罗东拜姑姑为师，学习台菜料理。无意间聊起了姑姑年轻在台北工作时，关于一双皮鞋、两颗苹果，以及两段无疾而终的爱情故事。

姑姑十五岁初中毕业后，村长来村里召集一些女孩去台北工厂当女工，免费提供三餐与住宿，于是乡里一些年纪相近的女孩，就相约一起去台北打工做伴。那是姑姑长大后，第一次靠自己双手赚钱，于是第一次领薪水，姑姑开心地做了两件事。

第一件，是去台北后火车站延平北路上的"生生皮鞋店"，买了一双超过她薪水三分之二的皮鞋给她的妈妈，也就是我的阿嬷。因为小时候家穷的她，曾经目睹阿嬷为了去参加邻居婚礼，跟村长老婆借了一双皮鞋。那双皮鞋看起来已经有些破烂了，但对方却跟阿嬷说得跟宝贝一样，千交代万交代阿嬷可别弄坏她的皮鞋，姑姑当时感受到自己的妈妈受到羞辱，于是发誓，未来如果赚到第一笔薪水，一定要给阿嬷买一双最贵的皮鞋。

第二件，是小时候有人送邻居两颗日本来的大苹果，邻居妈妈切给小孩吃，姑姑只能蹲在门口眼睁睁看着流口水，阿嬷发现后觉得丢脸，要姑姑进去家门，姑姑打死不从，于是阿嬷生气拿扫把打姑姑，姑姑依然含着泪不走，就是要看着对方吃完苹果才肯走，姑姑心里一直记住这一刻，吃不到苹果的香甜，以及挨揍后热热辣辣的眼泪。

第一次领到薪水却只剩三分一的姑姑，最后拿去买了两颗大苹果。其中一颗苹果切成八片分给同乡来的室友，对大家来说都是第一次感受到日本来的大苹果滋味。另一颗姑姑将它放在床头舍不得吃，每天看着它入睡，那个眼神有点像复了当年的仇一样。直到有一天，姑姑闻到床头有些怪异的味道，才发现表面看起来完好的大苹果，底端早已腐烂发臭了。

至于姑姑的爱情故事，则发生在那年的暑假。姑姑遇见了一位在工厂打工的台北大学生，两人十分聊得来，姑姑说她虽然才初中毕业却很爱看书，所以男大学生假日都会带她去重庆南路书局看书，两个人可以在书局待一整个下午。

男大学生跟姑姑说，等他退伍后开始赚钱，要出钱让姑姑继续念高中，姑姑虽然知道这是个遥不可及的梦想，但内心十分开心。

暑假快结束了，男大学生带姑姑去他们家吃饭，对方妈妈趁男大学生去巷口买饮料时，跟姑姑说，她儿子以后是要继续念研究所的，要姑姑暑假过后不要再跟她儿子联系了。隔没多久，姑姑就辞职回罗东，结束了一段尚未萌芽的初恋。

十七岁那年，姑姑又再度北上工作。当时工厂女工之间最流行两件事，一是模仿凤飞飞的打扮唱她的歌，还有就是看《姊妹》杂志写信交笔友。

姑姑当时有一位要好的室友名字叫"彩虹"，南投来的女孩，由于姑姑不热衷于这个游戏，主要都是由彩虹写信，然后姑姑在信的最后，会写上一两行问候对方的朋友，等于是一封信却写给两个人。

收信的人是位船员，每三个月回来台湾一次，每到一个国家就会买一些小礼物送给她们，例如到了日本就送樱花雨伞，到了美国就送美人头肥皂。通信的半年后，彩虹收到了这位船员笔友寄来的照片，故意摆出来的侧脸艺术照，按照姑姑的说法，他看起来很像当时迷死少女的明星"康宏"。彩虹将照片贴在床头，每天早起睡前都要亲亲，看得姑姑都想吐。

通信一年后——如同每位笔友剧情发展内容——终于要见面了，对方跟彩虹说他会在台北新公园大门等她，并且嘴里咬一朵红玫瑰。姑姑回忆，那天彩虹脸上的妆画得像猴子红屁股，她则穿着帅气的牛仔装前往，因为她一点也不期待这次的会面。

结局是彩虹跟对方话都没说半句，一见面后就逃跑了。因为那位船员笔友侧面的确长得像康宏，但是一转头说"哈啰"时，却露出大暴牙，彩虹吓得二话不说就落荒而逃，大概是期待一年的美梦幻灭了吧。最后留下姑姑跟对方道歉后便匆匆离去。不过离去前，姑姑偷瞄了陪同船员来的另外一位笔友，对方给了姑姑一个热情的微笑，据姑姑有些羞涩地描述，对方长得有点像"费翔"，哈哈哈。

后来，姑姑与长得像"费翔"的家伙持续通了三年信，不过从那天起，彩虹与姑姑各自写自己的信，直到有一天姑姑得知对方也是大学毕业生后，就再也没有回对方的信了。来年姑姑回罗东工作，从此跟对方断了联系。

直到姑姑结婚前，彩虹寄了一箱那位长得像"费翔"的船员笔友，这几年持续写给姑姑的信，他希望姑姑不要结婚，给他一个机会。但和当时大多数乡下来的女孩一样，对于她们而言，人生际遇就像天边的彩虹，看得到却不一定可以去追，因为最后往往都会希望落空，她们宁可记住彩虹出现时那美好的时刻。

07_姑姑年轻时俊美的沙龙照

< Act One >

世新有鬼，
文化有约

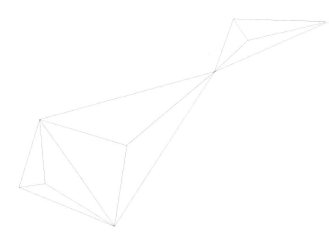

▽

原来电影没有这么伟大，
生活比电影他妈的更重要。

大学联考当天，自以为三民主义倒背如流的我交了白卷。当考卷发下来时，我脑中竟然一片空白，一个字都写不出来，我全部都忘了，我微笑看着考卷直到钟响。

后来，我去报考夜间部，以不错的分数考进第一届世新大学传播管理，开学还领了奖学金，甚至还用力地念了两年的会计、经济、统计学，是考试可以罩夜间部大哥大姊的那种程度，不过念完后我全忘了，不知道是不是大学联考时三民主义留下的恐惧症遗毒。

那时我在选填大学夜间部志愿时，几乎看到传播科系就填，没想到传播管理跟我想象的传播一点关系都没有，全部都在念理论与管理，念到我都想休学去当兵。直到大二下学期去辅修日间部广告系影片制作课程，拍了第一部短片《世新有鬼》，才真正知道自己想要的是什么。不过或许是因为是我半夜在学校山洞里烧冥纸拍戏，触怒了鬼神吧，我申请转日间部电影科系却没有通过，心想"拍什么鬼片啦！"学期结束了，我打算先去当兵回来再说吧！

可能是与电影的缘分未了，准备休学前我去参加了一场影片特映座谈，是吴乙峰导演的纪录片《月亮的小孩》。当天我迟到了，摸黑进入会场，等到放映完毕场灯一亮，我身边全是哭红眼的婆婆妈妈，现场几乎只有我一个年轻人。导演说他是宜兰人，考上逢甲大学企业管理系，念了两年后，发现自己完全不是念企业管理的料，天天都在做白日梦，后来转学考上文化大学戏剧系影剧组，才发现在逢甲那两年做的白日梦，都是为了走上电影这条道路。

如果你是我，在那个时刻听到那样的演讲，你会怎么做？好好在世新继续念完大学？休学去当兵？还是转学到文化影剧呢？

这样说来，好像在世新大学的两年都白念了吗？其实不然。因为是夜间部，所以白天我拥有许多时间，我经常骑着一辆摩托车穿梭在台北市的大街小巷，我可以自豪地说，我辨识街道或是哪边可以买什么的能力，不输任何一位在台北长大的小孩，这种蛇蛇走、人体活地图的能力，无意间为未来加入广告或电影制片组打下良好基础。

另外，我开始尝试不同类型的打工，短短两年内，我做过街头销售员，在火车站卖爱心笔，最后却将赚的钱，全部拿去买了窝在街角阿婆手中的口香糖，因为她让我想起我乡下的阿嬷。我做过麦当劳、汉堡王、摩斯汉堡的打烊班工作，我训练自己可以在十秒内包好一个摩斯米汉堡。我做过邮局分信员，就是将邮差从台北各地收集来的信件，分类到全台各地的小格子里，我还可以在一分钟内盖上一百个邮戳。我做过平面摄影助理，做到老板店倒闭后无力发薪水，只好用一台120相机来抵给我。我做过夜班的电影院收票员，曾经一天之内看了五部电影，不过其中有三部是睡着的。

暑假过后，我顺利地从台北市最南区的世新大学，转学到最北端、号称全台湾最高学府的文化大学。所谓的最高就是海拔高到没人管，学风自由如每天第一、二堂课都会飘进教室的云雾一般，虽然淹没了整间教室，但老教授依然铿锵有力地继续传授着戏剧理论，十分的戏剧性，而我们就是那群会随着云雾一起飘离教室的"坏"学生。

我承认我不是个好学生，虽然我选择降转到二年级试着从头开始，但是教授说的电影理论我完全听不进去，教授播的老电影我经常在昏睡中度过。唯一认真的时刻是每逢一楼舞蹈系新生征试，我们会守在窗口评分今年的首选新人，然后开始讨论故事，为她编写剧本，最后邀她担任我们的女主角。你知道的，这招十分有用。

就这样浑浑噩噩地在山上过了三年，最后还延迟毕业念到大五才去当兵。现在回头去看自己当年拍的影片，真的想挖个洞把这些东西埋掉算了。不过当时有两个人的确深深影响我走向电影这条道路：大三时的电影制作导师彭丽华，以及那位爱跳车的女孩。

修完大二的课程，我几乎快要放弃我的电影梦。暑假期间，遇见大三的电影制作导师，彭老师邀我去家里吃了一顿法式晚餐，实时拉住想要休学去当兵的我。我的导师与她的先生从法国留学回来，一个念电影，一个念法学。记得那个晚餐我们吃了三个小时，喝了不少他们私藏的红酒，她与先生爽朗的笑声，让我体会了一件事："原来电影没有这么伟大，生活比电影他妈的更重要。"

至于那位爱跳车的女孩，果真让我体验不少刺激的生活。除了经常性地演出在仰德大道上一言不合便跳车的戏码，也让我体验电影中呛交通警察，然后被警车追逐的亡命之徒的角色。

关于她的故事，我得单独为她开另一篇章。

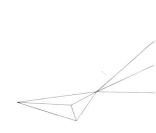

< Act One >

那年金马,
天很冷

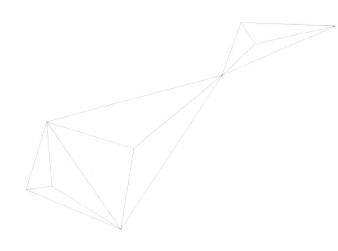

▽

回忆是一件危险的事情;
它让我们想起不该想的,
并且忘了不该忘的。

"那年冬天天气超冷，那位爱跳车的女孩紧紧抱着我。"如果现在硬要我回忆那些年赶金马影展的事情，我大概只记得这个。

那个年头没有金马影展套票这种东西，得去金石堂熬夜排队买票。所以根据情报显示，距离阳明山最近，而且购票率最低的地方，就是位于天母石牌的金石堂书店。我想影展开始前的那几个夜晚，应该都被文化帮所占据了吧！

大概因为天冷的关系，排队的人彼此靠得很近，加上时间漫长，所以人跟人之间开始变得热络起来。那种无形之间建立起来的熟悉度，就像现在的MSN一样，突然间"咚！咚！"两声，一个陌生人开始走入你的世界，两人唏哩呼噜地瞎扯一番。相信许多的友情与恋情，都在那个夜晚建立了起来。

我猜，你一定想问我和那位爱跳车的女孩，是不是也在那些夜晚相识的？很抱歉，不是的。我与她相识于一堂戏剧动作编导课，当老教授指着门口比画出一个演员出场动作方式时，她刚好出现在门口。

我发现她一点也没有因为上课迟到感到歉意，反而戴着墨镜，叼着烟，以偏左仰斜四十五度角的姿态缓缓走入，你会错觉以为电影《斗阵俱乐部》（*Fight Club*）中的女主角海莲娜·宝琳·卡特（Helena Bonham Carter）突然走出银幕，并且准确地在我身旁的空位坐下。

我问她："这是套好招的吗？"

她回答说："不，这是尊严，OK！"

当然，我到现在还在质疑，这段记忆画面，到底是真实发生过？还是只是某一部电影的情节，在我脑海中不断地重复着视觉暂留的现象？

有一年，我们一起去看了金马影展午夜场，那部电影是丹麦导演拉斯·冯·提尔（Lars von Trier）的《医院风云》（*Riget*），片长五小时，而且中场还休息十分钟，这也是我这辈子第一次遇到的。不过，能够有机会跟六七百人同在一个黑色盒子里度过五个小时，一起欢笑、一起害怕、一起尖叫，然后带着共同的记忆回家，散场的那一刻，突然觉得特别感动。

"一九九八年，十月二十一日，午夜十二点，从这一刻起，你跟我拥有五个小时的共同记忆，这是改变不了的事实……"

不过，寒冷的冬夜从阳明山骑机车上下山，绝对是一件令人痛苦的事情。

那晚回阳明山的路上，突然下起了小雨，热情的双手刹那间变得雪白。口中喃喃自语咒骂着："妈的，什么金马，有什么了不起……"三年后，果然咒语成真，我抽中金马奖的兵签，搭着船前往金门当兵。金马果然了不起。那天起，我以为那位爱跳车的女孩会就此消失在我的生命旅程之中。

多年后，我们再度相遇了，不过女孩不跳车了，她开着车来跟我见面。毕业这些年她开始工作并且存了些钱，在大学时期经常逃学下山去天母吃茉莉汉堡时经过的二手车行，买了那辆令我俩痴心妄想的mini cooper复古车。她说："你去当兵期间，我存了些钱买了这辆车等着你，只是缘分没到。"

那天见面，是因为我完成《翻滚吧！男孩》，电影有了点回响，我长了点志气，而她则是通知我她快要结婚了，我觉得应该做点什么免得遗憾。我不知道哪来的勇气，竟然跟她说："能不能再给我一次机会？年少无知的我，以为电影是我的一切。"她默默地抽完一根烟，终于回答："给我几天的时间吧！"一周后，我收到她寄来的一封信，里面只有一把钥匙与停车的地图，剩下什么都没有说，但似乎说了一切。我沿着地图找到了那辆红色的mini cooper，方向盘上贴了一张她留给我的小纸条：好好照顾它吧！

很糗的是，我不太会开手排车，但是我很想开着这辆车，回到我俩年少轻狂的阳明山上飙个车，于是拜托我大个子朋友阿龙很勉强地挤进了小小驾驶座，开着车带我上山，沿路我大叫大喊大哭，试着把这辈子到现在莫名的委屈如断肠般地宣泄出来（谢谢那天阿龙安静地开着车，没有阻止我疯狂的行为）。

最后，我只能说，回忆是一件危险的事情；它让我们想起不该想的，并且忘了不该忘的。

故事牆當然是在說家裏的故事啦！

2003/1/15

广告人生

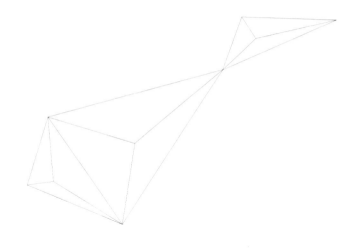

▽

业界最"精实"的公司，
精实到一年半后我去金门当兵，
都不觉得有多苦。

为了确认自己是否适合吃影像这行饭，我特地在大学延迟毕业一年的那段时间，去广告影片制作公司上班。某位前辈说，如果你能在广告影片制作公司生存，就一定可以在电影圈好好活着！更加幸运的是，我去了一家听说是当时业界最"精实"的公司，精实到一年半后我去金门当兵，都不觉得有多苦。

不过除了想提早探索一些答案外，导致延迟毕业还有一个理由——总是修不过"表演基础训练"这堂课。是我太不会演戏了吗？有可能。然而，我像中邪一般，老是修到第五周课程时，先是被"四十四只石狮子"的绕口令搞死，不自觉地就被我念成宜兰腔的台湾语"四十四猪俗梳子"。并且拒吃老师发的茶叶蛋，因为她可以花一堂课的时间，一边发茶叶蛋，一边流泪反复述说她近期内的心情。就这样，我从大二一路被当到大四，最后就靠这个理由延迟毕业一年。后来，大五那年她退休了，我也顺利毕业了。

这家广告影片制作公司叫作"大路制作"，在当时业界算十分知名，因为导演周格泰是传说中出了名把MV当电影拍的先锋派，片头先来一段口白，接着以激情或激动情节开场，例如先让演员吃、吃、吃，然后再让演员吐、吐、吐，接着中场再不断出现对白情节，歌曲本身唱的是什么不重要了，跟着剧情走就对了。

关于精实这件事，我想好几个星期没放假是经常的事，如果遇到放假通常是用来补眠的，所以许多制片助理经常与男女朋友闹分手也是家常便饭。我想为了完成工作任务而付出心力或许是值得的，但是如果每周一早上九点准时开始用国父孙中山先生革命十次尚未成功来教训我们，好好整顿一下我们这些笨蛋，那可就是件十分不太令人开心的事。

这家公司以员工经常性离职闻名，阵亡率十分高，一般待个半年已经算了不起，结果我一待就是一年半，直到当兵前才离去。但也是这个原因，我几乎在公司待不到第八个月，就因为公司缺个头而被"推"出来当制片，真的是被推出来的喔！我同期的同事还抱头大笑："阿喵，你死定了！"现在回想起来那段日子，大家能够一起活过来真是命大，不过后来听说，从那家公司活过来，并且还继续待在广告制作这行的都混得不错。

我记得我参与拍摄的第一支广告影片，是"华歌尔UP系列内衣"，对许多人来说应该是个福利大放送的时间，因为日本来的模特儿真的很靓，但我只记得，那天我跟同事跪在地上擦了十五小时的地板。只要导演一喊卡，我们就得趴下去，用抹布将模特儿踩在黑白亮面地板上的脚印擦掉，擦到连模特儿就站在我头顶上，我也无心看她一眼。

有一次为了拍摄柳橙汁广告影片，导演说要在棚内搭一座柳橙山，并且要看到柳橙滚动的感觉，监制建议用后期特效作，可能当时技术不好，费用又贵，我们只有接受命令，拼命从南部调了近百箱柳橙到片场，然后花了三天三夜，终于将柳橙叠成一座山。

当同事叠完最后一颗柳橙，我们跌坐在地上望着这座柳橙山，发现它好像有点歪歪的，我们开始大笑，笑到肚痛流泪地上打滚，觉得这一切荒谬极了。我依稀记得，背后收音机传来当时刘若英专辑的主打歌《很爱很爱你》听到我都快哭了。

拍完柳橙广告已是接近清晨，在数天未好好睡觉的状态下，我在骑车回阳明山宿舍的路上睡着了，骑着骑着竟然骑上了人行道，我整个吓醒。后来果然出事，我在睡梦中撞上一辆小发财车，左手缝了三针，司机说看到我骑向他的车道，如果他不撞我，我应该就直接骑往山谷里去了。

我很庆幸自己提早进去广告影片制作公司历练了一年半，虽然很苦，但真的看到很多学校以外的世界，不只是影片制作的技术，还有许多过去不曾看过或经历过的人生体验。当兵前，导演召见询问我，退伍后是否还想回到广告这行？他觉得我还不错，可以回来找他。我跟他说不了，差不多了，我还是想去拍电影。他笑笑地拉开办公桌旁的抽屉，对我说："这个抽屉里有十几本电影剧本，我都还没拍电影，你凭什么拍电影……"我想他当时应该十分生气吧！

多年后回想起来，我还是要特别感谢周格泰导演，我不知道他是否愿意承认我是他徒儿，但始终认为他是带我进入专业影视制作领域的师父。那个年代，文化大学影剧系十分残破，根本没什么专业器材，唯有进入业界，尤其是广告制作业，你才能快速学习到最新的影视制作常识。遗憾的是，后来我们没有继续再合作了。

我想起我第一次也是最后一次，很没礼貌地跟导演大小声。那是某支汽车广告的影片拍摄场景，地点在还没有被火烧掉的阿荣片场K棚拍摄。导演想营造一种无人驾驶的空灵感，反应出这辆汽车的操控灵敏度，但是没有预算做特效，所以驾驶必须躲方向盘下面开车，也就是盲目开车，唯一的方向感来自于我用窝机（Walkie-talkie，无线对讲机）告知驾驶人去的方向，因为开不好铁定被导演骂死，尤其是已经连续拍了二十五个钟头。

就在来到最后一个镜头时，导演要车子在他预定的线上紧急刹车，并且要求分毫不差，我想这个考验只有赌一把啰！除非这台车有《霹雳游侠》（*Knight Rider*）霹雳车那种伙计的装置，不然驾驶就是有通灵眼。我们最后派出当时业界最有名的九巴司机大哥来挑战这项艰难任务，在连拍五次镜头都失败的状况下，导演果然抓狂破口大骂："你们这群笨蛋！"

这时换我上场协调，是否可以让驾驶坐在驾驶座上开车？后期再修掉或镜头可以稍微移动一下等，答案当然是被否决。继续挑战拍摄到第十次，终于压线达阵，但驾驶的头好像露馅一点，我想后期制作应该可以帮点忙，不料导演再度破口大骂："你们这群笨蛋，连这点事都做不好，好好想想国父的精神！你们可不可耻啊！"

我想当时我应该是疯了，我竟然站起来跟导演说："啊！不然你来开啊！"唉，结果换来导演十分不爽，连收工都没喊就气得开车回家去，那次之后，我知道是时候回家吃自己了。

就这样，我搭上了开往金门的慢船当兵去……

< Act One >

勿忘影中人

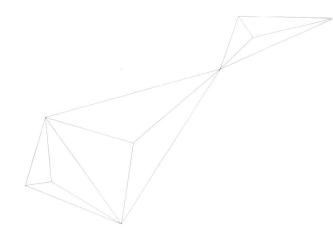

墙上贴满了许多不同年代的阿兵哥沙龙照，
我试图在墙上寻找父亲的身影。

对一位男孩来说，"当兵"的确是一段特别的体验。你突然被抽离到一个全新的空间，尤其是抽中外岛签，一个陌生的环境，当然也是一个全新的自己，没有人认识我的过去，所以我可以换一个我喜欢的角色，或尝试不同性格重新来过。

老实说，当时抽中金门时，内心突然浮现一丝丝喜悦，心想终于可以去体会一下电影《恋恋风尘》中阿远当时的心情。

首先这艘开往金门的慢船果然很慢，它选择在一个浪漫的午夜时刻出发，然后慢慢地漂、用力地晃了十六个小时才抵达金门，过程中我体会了当兵第一堂课：群体生活，体味分享。

一般兵只能待在最下层的船舱，然后睡在三层式的吊床，每一层吊床距离约五十厘米，刚好可以把一个人塞进去躺平，所以当最上层的兵友，如果因为吊床摇晃过大而开始呕吐时，接下来就有惊人的画面产生，你会看到上层吊床某处因为液体渗透关系开始扩散蔓延，接着凝聚成浓稠的水滴往你脸上牵丝般快要滴下来，"散"、"恶"、"吐"，我赶紧逃往厕所。

当我打开厚重的钢铁厕所门时，更加惊人的场景再度出现 —— 整个厕所已经被吐到不输电影《猜火车》（*Trainspotting*）里，全苏格兰最脏的厕所场景，我想不少阿兵哥应该是用尽力气疯狂撒野、极尽地喷吐，天花板洗手台镜子地板全是墨绿色的液体。当下我立刻吞下我溢到了喉咙的呕吐物，冲到船舱甲板上。

寂静的夜色，疯狂的浪声，穿透你心的明月。金门，我来了。

如果每个观光景点有所谓的名产，那对我来说金门当兵的三大名物"疯狂子弹、小蜜蜂以及炒泡面"。

我是那种经常在误打误撞的情况下，顺其自然走上某条道路的人。到了部队后，队上因为缺班长，我就被派去接受班长的训练，专门管理枪杆子弹，所以才有机会见到惊人的金门传说场景："岛上处处是山洞，洞里处处是炮弹"，真的一点也不夸张。某日我们被带去某个山里，翻开一推草丛后，出现一道钢铁巨门，经过众人推开后，眼前的场景先是出现散落一地的M16步枪的子弹，再往前走一点就是腐锈的炮弹，一不小心就会迷失在山洞里，因为山洞里有山洞，条条山洞不知道会通向何处。我想如果有一天引爆这些炮弹，金门岛应该会垮掉一半吧！

至于"小蜜蜂"应该是各地营区都有的产物，不过我打从心底、由衷地佩服他们的体力与掩护能力！怎么说呢？他们是由金门当地阿公、阿嬷所组成的摊贩队伍，专门在我们休息时间准时出现，不管我们在何时何处何地训练，哪怕是半夜行军或高山海岸，他们就像变形虫般隐形于大地，然后适时地现身。算是给孤寂的阿兵哥一个温暖的心灵"胃"藉吧！

最后一项名物"炒泡面"，绝对是金门特产，而且应该是支撑金门营区周边民宅的重要经济支柱！我们经常开玩笑，或许某店家新盖房子的某根梁柱，就是我们这个部队用买炒泡面的钱出资的。关于"炒泡面"，其实就是最便宜的维力炸酱面加上蛋花，把切剩的肉丝与高丽菜快炒混一起的阿兵哥夜宵，简单却口味独特，吃完后就可以满足地去站哨啰。这也是我离开金门这么久，偶尔会怀念的记忆。

最后，为何我会去拍这张"勿忘影中人"的经典照片？应该跟我父亲有关吧！我记得小时候在翻阅姑姑为父亲留下的相簿时，曾经看到一张类似的照片，可见当年的人就十分热衷沙龙照这种事。姑姑说，那是父亲在金门当兵时的毕业照。

就在快退伍时，我鼓起勇气走进金门岛上唯一还有拍这种照片，但看起来快要倒闭的照相馆。那家照相馆的墙上贴满了许多不同年代的阿兵哥沙龙照，我试图在墙上寻找父亲的身影。

老板说："不用找了，你就是他，他就是你。"

接着放下布幕拉出藤椅，十分熟练地要我摆出唯一一招——用左手撑住下巴的招牌动作。

老板又说："跟你老爸时代的人很像喔！"我笑了。

然后突然"啪"一声，一阵闪光，留下我在金门当兵的唯一一张照片。

< Act One >

淡水的青春电影梦

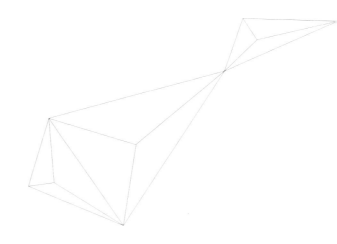

一起生活、一起创作，
那是一段非常重要的时光，
是"一切起源的开始……"

如果你想记住一件事，你一辈子也忘不了；如果你不想记住一件事，转个头也许全部都忘光了。

退伍回到宜兰老家，按了电铃，开门的是个陌生人，难道是按错电铃走错门？

"不会吧！"

这让我想起在金门退伍当天，背着行李刚踏出营区大门一步，突然想起床头顶有张陪伴我一年多、从杂志上剪下来的模特儿照片忘了带走，因为曾对自己承诺，哪天如果有机会要找她来拍片，生怕我忘了她的模样。

大门新来的哨兵紧张地拦下我："哪一连？连长叫什么名字？"不会吧！我竟然全部忘得一干二净。那一刻，老实说我蛮开心的，然后带着微笑转头离去。

"你老母跑路了！"姑姑冷静地回答我。

因为一些复杂的原因，关于我老母的事，另辟下一章节"我的妈妈像那海上一朵花"再来聊聊。总之退伍前，她将房子转手卖给别人，我确定我不是当兵当到连自己家在哪里都忘了。

也许是注定吃这行饭吧！现实生活就是他—妈—的—也非得要这么戏剧性！当晚跟阿嬷与姑姑吃完晚餐道别后，决定搭着夜车上台北闯一闯吧。

"叩叩，叩叩……"夜晚火车行走在铁轨的声响特别明显，微弱的移动光线缓缓划过平静的兰阳平原。

离家前，姑姑匆忙塞给我一小袋水果，里头又塞着一包小纸袋，纸袋里有一叠钞票以及一张撕破的日历纸，上头姑姑用断水的原子笔混乱地写了两句话："这是阿嬷给你的钱，去做你想做的事。"

如果我没记错的话，我应该是一路哭到台北的吧。

"等你很久了喔！"小庄兴奋地跟我说，我微笑点着头。当兵期间一直跟小庄往来信件，我知道他也为了电影梦吃了不少苦。但有些事是注定的，尤其他的名字叫"景燊"（音同"景深"）。

电影书上描述何谓"景深"？简单地说就是"聚焦点前后清楚的范围"，换句话说，景深是"一段距离"，在这段距离内的景象都应该是清楚的。

原本他的人生道路应该是十分清楚，中原大学物理系毕业，当上飞利浦公司工程师，不幸地在一个电影文学营认识了我，后来我转学去文化念电影，来年，他也辞职闹了家庭革命，告别新竹父母，北上再念一次大学。

有次闲谈中，得知他的父亲是中油油罐车司机，不爱旅游，没什么特别喜好，不过却十分热爱电影，长年收集国外经典电影录像带，所以小庄从小跟着父亲看着电影，并随着电影中的故事场景到处旅行。我想这才是小庄踏上电影之路的主因吧！有些事其实都已经注定好的。

"那就一起勇敢做梦吧！"

我们找了一些学弟妹以及朋友，总共七个人，决定找一个地方一起生活、一起创作，最后落脚在淡水沙仑附近，一片荒芜的新市镇，长出了数栋新颖的大楼，几乎没什么人在住，所以拥有十分宽敞的空间，以及十分便宜的租金。

虽然我们在这边只"撑"不到一年的时间，但对我们来说，却是一段非常重要的时光，我想，用"一切起源的开始"来称之应该不为过。

那段时间大家窝在一起，一心只想创作，根本不理会现实世界，每天讨论着十分天方夜谭的剧本，胡乱瞎扯一堆，感觉世界我们最大。不过大家不太具有生产力，除了偶尔外出打一些零工，就是靠着之前的存款勉强撑下去，所以在仔细盘算银两节省开支之下，我偶尔得扮演厨师的角色，带着实验精神为大家准备料理。

意大利面料理似乎有一种异国情调，在困苦的生活中至少有些精神象征，实际上是便宜又大碗，在网络上大概看一下料理方法，就开始瞎搞乱炒一番。十分感谢大家不怕死的捧场精神，总是吃光光，尤其是爱放屁的编剧光哥。

最终因为抵挡不了现实的压力，不到一年后我们就解散了，各自又回到台北找工作。现在回想起来，当时真不知道是哪里来的傻劲。不过很庆幸与大家一起经历当年的那段时光，如果没有那时的傻劲，我想今天也不会有满满勇气的我们。

后记

十多年过去了，很高兴这些好友都在自己喜爱的道路上继续努力着，并且再度相遇了。

小庄（庄景燊）：《翻滚吧！男孩》重要的幕后催生人。独自在电影苦海修炼多年后，终于完成自己的第一部电影短片《爱玛的晚宴》，以及多部的人生剧展。目前正在拍摄第一部剧情长片《引爆者》。

嘴鱼（王莉雯）：《翻滚吧！男孩》重要的营销头头。这几年投入编剧行列，有许多不错的成绩，不过却意外以饰演《父后七日》女主角阿梅爆红。因为《翻滚吧！阿信》入围金马奖最佳编剧奖，目前继续在电影编剧的道路上前进。

小连（连奕琦）：多年来是豆导（钮承泽）公司电影创作的重要副手，也是电影《海角七号》的副导演，已导演完成多部剧情长片如《命运化妆师》《甜蜜杀机》等，目前正往台湾黑色幽默导演一把手路上前进。二〇一七年可说是大丰收年，总共有三部电影《秘果》《破局》《痴情男子汉》热烈上映。

权慧（刘权慧）：担任钟孟宏导演多部电影副导演工作，同时也是协助《六号出口》与《翻滚吧！阿信》导演组与演员挑选工作，目前是圈内抢手执行导演。

光哥（王国光）：《六号出口》与《翻滚吧！阿信》的编剧，当年吃我最多意大利面的家伙，同时也是多年来不离不弃的创作伙伴，期望可以一直在创作的道路上一起往前走。

王博士（王银国）：《翻滚吧！男孩》重要的金主。人在师大教书，却仍忘不了电影大梦。有一天将会有惊人之举！

我一直记得我们曾经发大梦说大话："有一天我们要一起去戛纳参加影展！"虽然到现在还是去不了，但是却留下了一部令人回味的纪录短片《来去戛纳》。

送给曾经一起追梦的六位好友，以及正在追梦的你。

10_淡水七人小组拼盘合照
上排左起为王银国、连奕琦、王莉雯、王国光；
下排左起为庄景燊、刘权慧、林育贤

< Act One >

我的妈妈像那海上一朵花

▽

"这么多年来遇见这么多男人，
我最爱的还是你老北……"

某种程度上来说，电影其实完成了大多数人在现实生活中无法完成的心愿。例如电影里的妈妈跟现实生活中的妈妈，在长相上或许可以透过化妆造型完全一样，可是却演出不同的人生样貌，因为导演让在现实生活中，妈妈所做不到的事，全部都在电影中实现了。最终的目的不是为了满足谁，而是希望透过电影，让身在现实生活中的人获得谅解与救赎。

　　《翻滚吧！阿信》上演时，我给了失联多时的老母十张电影票。据她朋友描述，散场时，我老母是被她那群朋友扛出来的，因为她哭到虚脱腿软。是想起了父亲大人吗？还是愧疚于不知如何当一个妈呢？

　　多年来我一直无法原谅我老母的作为。不定期在半夜酒醉时，打未知号码的电话发疯哭诉，不然就是提早半年打来祝我生日快乐，然后又说最近出了点状况需要一些钱。直到有一天，我决定不把她当妈看，而是站在朋友的立场，听听她的故事。

那一刻，我发现我开始听得懂她说的话了。

我老母十多岁时父母双亡，所以十五岁那年，她就进到菜市场卖菜养活弟妹。多年后遇见在同一个菜市场当水果摊伙计的父亲大人后，展开她的倒追计划，我想在当年这样的举动算是十分前卫吧。后来，我老母果然顺利干掉父亲大人当时论及婚嫁的女友，篡位成功。

老实说我也蛮佩服我老母，没有因为父亲大人过世，就遗弃我们离开这个家，会这样说，是因为水果批发市场是一个竞争激烈的世界，老母一个女人家要对抗那些如野兽般的男人，的确不容易，所以她只有更加努力投入事业的经营，而无心照顾我们。后来她开始炒房地产、买房、买股票，甚至买下罗东公园夜市旁的整栋大楼，号称是当时罗东镇上少数女金主。

不过我总觉得传统菜市场是个颇庞大的地下金融中心，因为标的的关系，店家彼此之间有许多复杂的金钱往来，从小就经常听老母说哪家店因为倒会，全家连夜落跑，所以我总是有一种不祥的预感，有天这件事会轮到我家。

据我老母描述，有人先倒她的会，不还钱，接着资金周转发生缺口，然后开始这个洞补那个洞，最后引发连锁效应……直到有一天，债主带着黑道找上门要我老母签本票。当时我哥在台北念书，我在金门当兵，独自一人面对这件事的老母，因为害怕而连夜落跑，离开了伤心的罗东小镇，不过我想当时连带受到影响的家庭应该更伤心吧！唉……

父亲大人过世后的那些年，老母的生活也蛮多彩多姿，算是一种自我解脱吧！

她每日的行程是凌晨三点起床去市场卖水果，然后中午回来睡午觉，到了傍晚就精心打扮去舞厅跳舞，所以身边开始陆陆续续出现不同的男人，在当时也算是新时代的女性吧！

那段期间发生了一件事，我决定寄居在姑姑家。我们家有三层楼，除了吃饭外，我多数时间都躲在三楼，不太跟二楼我老母世界的人交流。某天她跟那个时期交往的男人吵得很凶，我躲在二楼通往三楼的楼梯间，看着伤心落泪的老母，她的脸颊上印着一个红色掌心纹，我的内心除了气愤外，心想这么痛苦为何不分手呢？直到某天，我决定替我老母做件事。

那晚他们依然大吵，后来我听见我老母拼命敲门喊叫的声音："放我出去，我要去尿尿！"我觉得时候到了，我从书桌下拿起准备已久的铁锤下楼。听见我老母打电话给姑姑求救，然后我看见老母的房门底下慢慢流出黄色的液体，我疯狂又气愤地冲上前，拿起铁锤猛敲我老母的房门。老母的男人终于开门出来推了我一把说："有种你敲啊！"我承认当时我恨不得一把往他头上敲去，但老母的一句话让我的心与力气彻底瓦解了。

"儿子，你原谅他，他不是故意的。"

我老母冲过来拉着我的手，及时赶到的姑姑夺下我手上的铁锤。当时我的内心世界几乎已经毁灭了一半，我不知道未来要花多少时间，才有办法重建起来。

从罗东落跑多年后，我老母突然打电话给我，说她在台北林森北路开了一家卡拉OK店叫"海上花"，希望我有空可以去看看她。老实说我根本不想再见到她。直到有天夜里她喝醉了打给我，说她醉倒在店门口回不去，紧急赶到现场的我发现她真的醉了，但人却好好地坐在店门口等着我，希望我参观一下她的店。

我老母说她这些年在林森北路一带卡拉OK店工作，后来遇到一位男人帮助她开店，不过由于大家都不知道她的来历，以为她背后有黑道老大支撑，才敢在林森北路开店；再加上我老母过去在菜市场混过，善于交友的海派性格，将来店里的黑白道都处理得妥当，所以也没有人来找她麻烦或收保护费。

陪着老母走回离店里不远的住处时，她因酒醉走路不稳，要我背她走一段。将老母背在身上的那一刻，每一步都有些沉重，倒不是重量的问题，而是那个瓦解的内心世界尚未稳固，我还听得见碎裂的声音。

有些醉意的老母在昏睡前呢喃着跟我说："这么多年来遇见这么多男人，我最爱的还是你老北……"

多年后我脑中出现了一个电影故事，片名叫作：我的妈妈像那海上一朵花。其中有两段场景不断地在我脑海里浮现，到后来我也分辨不清这些场景是真还是假了。

场景一

时间：白天

地点：木栅一家没什么客人，看似油腻的仿冒茶餐厅

母子俩吃着有点煎过头的萝卜糕。

子：都离开十多年了，怎么还这么大意呢？

母：才欠她一点钱就假扣押我的银行账户，那欠我更多的人怎么看见我都装作没事……

子无言，继续戳着干掉的萝卜糕。

母：人生走到这了什么没遇过，就差监狱没蹲过，如果把我抓进去关，都不要让我逃出来，我就把那些欠我的人都杀了……

子这时看着自己的母，发现原来站在朋友的角度，才能看清楚母的处境。

场景二

时间：夜晚

地点："海上花"卡拉OK

一位风韵犹存的女子背对着听众，身体随着音乐轻盈摇摆

着，舞台上的七彩霓虹灯开始闪烁旋转时，台上的女子随着歌声缓缓转身，她是戴着墨镜的老母，娓娓唱出那首卡拉OK界的台语女神江蕙经典名曲《等待舞伴》：有你作伴，亲像船靠岸。你若了解我，风吹也袂寒。独身江湖行，将舞台做客厅。呒惊乎人看，讲着爱会心疼。天顶的星，金金地看，将艰苦的这条路留乎我行。我心情你知影，我一生等待舞伴，也无心晟搁忍耐着孤单。……

老母身后的舞台背景画着一朵漂浮在海上的红玫瑰，随着听众的掌声以及迷人的歌声，海上的红玫瑰慢慢随着海波浪漂浮着，母亲的身体也逐渐与这朵红玫瑰融为一体。

那一刻，儿子终于明白母亲在坚持什么，或许就像那海上的一朵花一样，拼命绽放、灿烂夺目——哪怕只有一夕之间的美丽。

"假设我可以活到七十岁，

我敢不敢在这个时候给自己一年的时间，

去做一件所有人都认为我在浪费生命、浪费

时间追求的事？"

第二幕

< Act Two >

< Act Two >

这一条无论如何都必须走下去的道路!

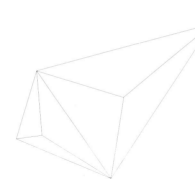

▽

永远不知道下一秒钟会发生什么事,
只能勇敢凭直觉向前走吧!

二〇〇一年我正式加入台湾电影圈的行列，不知道是我比较傻还是勇敢，据了解大学同学真正留在电影圈只有两人，其他不是转到新闻广告电视等相关传播业，就是投入业务工作，并且在数年后都成为顶尖业务销售员。我想，这应该可以归功于大学时期受过专业的戏剧表演训练吧。

　　文化大学号称全台湾最高学府，不是分数高，是因为海拔位置高，所以学风相当自由，并且上课充满戏剧性。例如每年雾季来临，我们位于四楼的教室经常上课上到一半，雾气就会飘入教室，台上的老教授已经看不见我们了，依然继续讲述他的戏剧理论，等雾气一散，坐在后排的我们就是跟着雾一起飘走的逃课生。

　　但你以为我们逃课是去玩耍吗？不，我们会很认真地飘到一楼舞蹈系的表演教室，专注地看着舞蹈系一年级新生的演出——像在挑选女友，默默地挑选出心中女主角后，回宿舍花个三天三夜熬夜努力写完剧本，然后假装毫无事前计划般，邀请对方担任新片的女主角——这就是我们大学那几年的不良勾当。

大概是这些原因，大学那几年还蛮开心的，因为你只需要认真地做三件：看电影、写报告、拍电影，其他事都不会，所以这算是傻还是勇敢呢？

不过可能我加入电影圈的时机不对，当时出来拍电影的导演，大多是五年级生，一部电影大约要花掉三百多万，有一部分资金来自政府补助，另外一部分不是借贷，就是偷偷拿爸妈的房子去抵押，好不容易拍完了，完全没有宣传预算，所以在大家不知道的状况下默默上片，并且在大家发现时又速速下片，票房回收不到十多万，如果不小心破百万，就会办桌请客。

如果你是我，还会对电影圈有愿景吗？当时许多像我这样六年级前段班的朋友，都选择离开这行，我还不想走是因为我还蛮喜欢这个行业的工作性质，有什么工作可以不停地变换内容、故事、地点，并接触不同的人事物呢？我只想证明做自己喜欢的事有这么困难吗？

很幸运的是，DV在二〇〇一年被引进台湾，正式确立只要有一台DV加一台计算机，就可以开始说自己的故事，大大降低拍电影说故事的门槛。于是我拿着机器跟着几位战友，开始进入西门町寻找发生在我们身边的故事。

另外，还有一件有趣的事深深地影响了我们——LOMO相机出现了，它是一台四格连拍的傻瓜相机，号称不需要看观景窗，随着你的心情节奏随意拍，你将会捕捉到四个不连续动作却刹那静止的世界。这件事我觉得跟拍纪录片的心情很像，你永远不知道下一秒钟会发生什么事，只能勇敢凭直觉向前走吧！

当时我们深入西门町，拍了许多当地年轻人的照片，让他们填了许多问卷，问题都是我们当时对这个世界的想法。有一天在整理照片时，却发现了一个人脸的涂鸦图案大量出现在不同照片角落里，我想这应该是老天给我的启示吧，或是它早已在那边等我许久，只是我没有发现。我很兴奋地跟前辈导演讨论这个议题，但大多给我的答案，都像从小到大老师给我们的告诫一样：

"别傻了！孩子，这个东西很无聊，不要搞东搞西，跟我们到山上闭关写剧本才是王道。"

"有时候，真的要给自己一点脱离轨道的勇气，这样人生才充满趣味！"

事后回想，我很高兴自己当时并没有因此放弃，我决定去找寻我的答案："如果你要做自己，要进行创作，就必须催眠自己，相信你的双眼所看到的世界是跟别人不一样的，然后勇敢地、大胆地表达你看到了什么。"这是真的，因为你看到的世界本来就跟我不同，就像你追的女孩就跟我不同，你要相信自己。

二〇〇二年，我完成了进入社会工作后，独立拍摄完成第一部纪录短片《鸦之王道》。因为这部纪录短片，我对自己有了更多自信，也因为这部短片，我开始争取到电影圈的入场券。

关于《鸦之王道》这部影片的来龙去脉，它开始于那个无聊的下午。

骑车在市民大道上，不知道你是否有留意过，设置于每个十字路口旁的台电变电箱？灰色的那种四方箱。如果你像我一样无聊，你就会发现灰色变电箱上，被涂鸦了一个乍似某种符号的人头图案，一边骑一边开始猜测下一个路口的灰色变电箱，是否也被涂鸦了相同的人头图案？结果揭晓，从市民大道东边入口（东兴街），一路到西边出口（环河南路），你可以看见二十三个人头图案。

后来我们发现答案不只二十三个，整个西门町的灰色变电箱早已被占领了，有些甚至还涂上如对望般的双人头图案，互相辉映。

原来台北西门町的街头墙壁，虽然早已悄悄地被布满着各种奇形怪状的涂鸦，但是唯独这个人头图案的风格独特、画风统一，而且坚持只画在灰色变电箱上，基于他拥有王者一般的风范特质，于是我们称他为：鸦王。

我开始推测想象这个人头图案的创作者，也就是"鸦王"，为何他会画出这个人头图案？为何他坚持画在灰色变电箱上？是纯粹无聊的行径，还是这个人头图案另有含义：某黑道地盘划分界线？地下组织的秘密标志？或者是外星人来访的记号？再者，如果涂鸦是一种用来反抗体制、表达不满、发泄情绪、控诉社会的活动，那么……

眷村里的墙壁被老兵写上"光复大陆、三民主义救中国"算不算涂鸦？

公交车上的椅背被恋爱思春期的高中男女刻上"★林XX爱彭XX★"算不算涂鸦？

公园厕所门背上那些旷男怨女留下的孤单寂寞"芳心"算不算涂鸦？？

你家巷口、我家后门、他家门口那些诅咒别人的字眼算不算涂鸦？？？

哈，我想这就是那个无聊的下午所发现到"秘密"！

哈哈，果然是个无聊的下午。

当我开始追寻着那个下午所发想出来的"无聊法则"时，我发现眷村的墙上早已被"大陆探亲观光娶妻友好团"字眼所占据；恋爱思春期的高中男女全都待在网咖MSN在线实时传情；你家巷口我家后门他家门口那些诅咒直接换成汽油弹投掷出更具爆炸的威力。这个世界果然瞬息万变啊！

涂鸦男告诉我，他因为涂鸦已"赚"了一千多元——因为市政府公告，街头涂鸦捉到一次罚三百多元——而他今天已经涂鸦四次了。

这些打击，让我想起了当年我为何要走上影像创作这条道路，难道是因为无意间闯入《月亮的小孩》纪录片的放映会场，与一堆中年妈妈哭成一团的记忆勾引？或者是那场由招待券换来的免费电影《新天堂乐园》（*Nuovo Cinema Paradiso*）所引发的无知豪情冲动？还是为了无疾而终的青春恋情找寻一个出口？其实我早已分不清楚了，只知道这是一条无论如何都必须走下去的道路。

就像鸦王一样，也只有鸦王没有背弃我们，不因为这个瞬息万变的世界而改变，继续在灰色变电箱上涂鸦。也因为他的这个小小的坚持，让我们有了勇气继续走下去。

到底我们能否寻找到"鸦王"呢？鸦王的"这一条无论如何都必须走下去的道路"，到底是什么呢？而鸦王"知道"的，我们知不知道呢？或者真正的"鸦王"其实就是你"自己"？

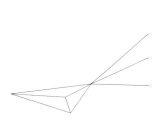

< Act Two >

不翻怎知身体好，
不滚怎知梦想美！

▽

敢不敢给自己一年的时间，
去做一件所有人都认为浪费生命追求的事？

当我天真地以为完成了第一部纪录短片《鸦之王道》后，我的机会就会来临，但是很抱歉，答案是"准备打包回家吃自己吧！"

二〇〇三年年初，电影圈预估该年拍片量只剩下个位数，所以我被通知过完农历年后没有工作了，要有心理准备。

像我们这种台湾话俗称"出去像丢掉了，回家像捡到了"的不孝子，通常吃完除夕团圆饭，年后初三就会落跑回台北。但二〇〇三年我变成一位"孝子"，而且因为怕收留我的姑姑担心我失业，回老家前，跟我学长借了一台好一点的DVCAM摄影机以及一台计算机，然后跟姑姑说："我是回来拍片的！"

从小看我长大的姑姑，一眼就识破我的谎言，只是当下不忍拆穿我。当我拿着摄影机在阳台发呆数天后，姑姑终于开口跟我说："帮你找好工作了，明天去看看吧！"我没有回话，继续用摄影机拍着一只在阳台花盆土堆中挣扎的蚂蚁。

隔天一早，我去了当时十分有名、一写必定漏水的"玉兔牌原子笔"工厂当流水线作业员，看着流水在线的笔芯笔壳不停地输送到你的面前，坐在我对面可以当我阿嬷的阿姨们对我微笑，并且亲切教导我如何组装。很没志气的我，当天中午就辞职回家了。

我跟姑姑说："再给我一点时间，我想我一定可以拍出东西的。"

不过多年后"玉兔牌原子笔"工厂成功转型成原子笔博物馆，你可以参观铅笔的制作流程，并且完成独一无二的铅笔当纪念品带回家。或许当时如果我听姑姑的话好好干，搞不好今天已经是厂长的女婿也说不定。只能说老天爷不会辜负你的，如果你愿意好好坚持你想做的事，奇迹就会一一翻滚而来。

没多久，翻滚奇迹一出现了。

我哥哥因为在亚运体操赛受挫负伤，从台北体操一号种子手退役回乡，他人生最大的遗憾就是没有去过奥运，所以他决定回到母校宜兰罗东公正小学，教一群七八岁的小朋友练体操，希望一年后能带这群小鬼参加全台湾的体操赛，然后十五年后带他们重返奥运的舞台。

听他描述的过程中我眼睛都发亮了，这不就是个感人热血的运动励志电影吗？！老天爷，我的机会来了。可是隔天我随他去体操馆探望那群小鬼时，我有些傻眼，一个爱哭鬼，一个瘦皮猴，一个流鼻涕，左看右看都不是我想象中练体操的料，老天爷在跟我开玩笑吗？

但凡事总有个开头，于是我跟我哥哥提出想拍摄他们的想法，会不会变成一部片子我也不知道，不过作为角色故事背景调查似乎也不错，但首先反对的就是我哥哥。他给我两个大大的打击，第一个是"你们拍的影片实在难看死了"，每次进去看不到十分钟就睡死，不小心醒来竟然发现镜头都没动，跟睡着前一模一样，见鬼了！第二个是"我们又不是明星，拍我们给鬼看喔！赶快去找工作，离开这一行比较实在啦！"虽然他说得有些夸张，但我似乎也无力反驳。

由于我拥有金牛座的坚持固执，再加上生日过三天就是双子座的善变性格，所以我快速找到我可以生存下来的方法。

当时我哥在训练小鬼们的过程中，由于太过辛苦，小鬼们常闹脾气，所以当我哥跟他们说哪里动作做错了，小鬼们会顶嘴说哪有？你有看到吗？好巧不巧，跟在旁边拍摄的我，全程都记录下来了，我哥突然觉得我有用了，而小鬼们应该很讨厌我吧！不知道是我哥看这个弟弟可怜，还是被我骗了，总之他决定收留我。

当时真的很苦，解决了拍摄问题，还有一个现实的生计压力。当时根本没有人愿意投资电影，更何况是纪录片。我经常拍到怀疑自己到底在干什么？我是否撑得下去？我是否该放弃？

直到有一天，小恩来了，他就是翻滚奇迹二，改变了我的想法。

小恩是大家在纪录片中心疼的爱哭鬼牛奶糖小朋友，那时他六岁，读幼儿园大班，我看他每天都笑着来、哭着回家，因为那时他正在学劈腿，痛到快死掉。我跟我哥打赌他下个星期不会来了，结果小恩依然天天笑着来，依然天天哭着回家。

有一天，我自以为的正义感作祟，带小恩去操场散步，想要转移他的痛苦。我记得那天有夕阳，我问小恩是不是有家暴不敢回家？还是被教练胁迫？这么痛苦为何要继续练呢？此时，小恩跟我说了一段话，很像我们在看日剧时，高潮之处主角会说的经典对白。

小恩说："你知道吗？我在这边学会一个后空翻，比我在教室考一百分还来得高兴。"接着，小恩转头用手指着我说："那你呢？你开心吗？"

我当下眼泪差点喷出来，这个六岁小鬼是练体操练到头壳坏去还是怎么了？怎么可以说出这么简单、却满是道理的话？我内心的天使恶魔时常吵架，一个人说："喜欢就去做吧，又没有人逼你，家人巴不得你赶快离开这行，不是吗？"另一个人却说："有时候，人总要做一些别人觉得傻事或是看似浪费时间，这样人生才会有挑战！"

于是，当时不到三十岁的我有一个简单的想法：假设我可以活到七十岁，我敢不敢在这个时候给自己一年的时间，去做一件所有人都认为我在浪费生命、浪费时间追求的事？或许这一年我失败了，但我不相信往后四十年的人生就等于失败，因为这个经验，我会更清楚知道自己的能耐在哪里，我该往哪走吧！小恩的一番话，让我决定陪他们一年，同时也给自己一年的时间试试看。

拍纪录片有一个好处是，当受访者愿意被你拍摄时，你为了捕捉真实的一刻，要想尽办法靠近你的受访者。身为教练的哥哥被贴身采访也只有认了，但是一个星期有七天，总不能天天吃我哥的吧！于是我想到一个方法。我们有七个小鬼，其中一对是兄弟，六个家庭按照顺序轮流，一天锁定一位小鬼，假设今天全程跟拍某位小鬼，拍到傍晚爸妈来接他时，我便会提出跟他回家做家庭访问的请求，小鬼开心极了，于是一路拍到晚餐时间，家长们都很热情要我们留下来一起吃晚餐，"我怎么好意思拒绝呢！"于是星期一到星期六吃小朋友家的，星期天吃我哥的，就这样骗吃骗喝转眼过了一年。

现在事后回想，"有时候提早面临一些生活的困境未必是一件坏事"，为何会有这样的体会呢？

当时我真的穷爆了，几乎快拍不下去，但也因为这样，我必须经常混在小朋友家里，跟他们一起吃饭、睡觉、游戏、上学、练体操，天天亲密相处，互动自然到经常有人看完《翻滚吧！男孩》后，都会问我他们是不是在演戏？怎么演得那么自然？当然不是，这些都是我用友情与时间换来的，甚至到了后来，连摄影机贴在他们脸上也不会在意了。试想当时我如果有些钱，我应该会去住饭店吃好料吧，但我可能什么都拍不到了。

所以如果在你很年轻的时候，就提早面临一些困境，那就让它来吧，无须害怕，人生必定会有转机！

一年半后，我剪接完成了第一部纪录长片《翻滚吧！男孩》，但是大家一定不会天真地认为，它会自然而然变成今天我们所熟知的《翻滚吧！男孩》吧？这个看似成功的背后，又经历了一段荒谬的旅程。

完成了第一部长片，就像生了一个小孩，希望把他养大然后带给大家看，所以当时我除了开始积极参加影展外，另一个最佳的放映场所就是学校。我们试着联系几所大学就泄气了，四处吃闭门羹，因为大部分学校一听到是台湾电影心就冷了一半，更别说是纪录片了，当时根本没有观看纪录片的习惯。许多人对于纪录片的想法，都还停留在抗争等沉重的议题，更夸张地，居然有人问是不是像"蒋公去旅行"那种黑白影片。

直到有一天，当时已经十分知名的纪录片导演杨力州打电话给我，听说我刚完成一部纪录片，有个地方想找人去放片，问我是否愿意？如果你是我，哪怕是天涯海角应该都愿意去吧！结果，真的很远，我去了马祖东莒岛。那是一个飞机只飞到马祖南竿，然后你要坐吐到死的船才能登陆的小岛，岛上听说只有一百多位居民与一所小学。

傍晚时分，我听见村长广播，宣传有位导演来岛上放电影，应该是太稀有的事吧！我看见家家户户拿着板凳往学校走去，那个晚上，翻滚奇迹三出现了。现场的观众从八岁到八十八岁，全部都笑得东倒西歪，热烈的反应，让我一时都有些怀疑这片子有这么好看吗？

当晚我知道了一件事，我的电影观众就在电影院里，而不是在学校。

回来后，我开始积极筹备上院线的事宜，一估价后才知道，一部DV拍的纪录片要转成电影拷贝，加上简单的海报印刷宣传，大约需要约五十万，心想都走到这个地步了，心一横，就向银行借吧！结果银行评估完，告诉我们因为这个行业贷款评分，如同八大特种风险行业，借不得、还不起，还怕你会跑路。当时对电影行业的社会风气，不像后来因为《海角七号》现象风靡之后，可以拿着电影剧本跟银行融资。

这段期间，我们也试着去找几家电影发行公司洽谈合作，可是没有一家看好我们，大家一致的说法都是，台湾电影连一般剧情片都做不起来了，你一部纪录片，怎么有可能呢？每个人都劝我们放弃吧。

最后我们做了两个重大决定，第一个决定是自行成立电影公司，"翻滚吧男孩电影有限公司"就是在这样的背景下诞生的。新闻局长官说要有电影公司才能发行电影，因为没有人愿意帮我们发行，那我们就自己帮自己。

第二个决定是办试片会找金主，目标两种人，一是大学同学，不过家境富裕的是主要目标；另外是锁定媒体主管的电子信箱，每天晚上发送热血感人的电子邮件轰炸。很幸运地，我们找到了金主，并且成功轰炸到张大春先生、春晖电影的陈俊荣先生，以及TVBS"一步一脚印，发现新台湾"节目主持人詹怡宜女士。

张大春先生看完片后，听说默默流下一滴英雄泪，接着每天在飞碟电台强力放送。春晖陈总顺利帮我们排到台北三家戏院上映的机会，至于詹怡宜女士则制作了半小时的节目特辑，让原本只在台北上映的电影，突然引发全台效应，中南部的戏院全都加入映演行列。最后，这部电影总共映演长达三个多月，可以说是当年的小小小小小海角七号现象。据说许多人的MSN绰号全都换成"翻滚吧！志明""翻滚吧！春娇"，一时轰动。

我只能说我十分幸运，算是少数在台湾拍第一部电影而没有负债的导演，除了借来的钱都还完外，我们还捐了一笔钱给公正小学体操队当队员营养金。

所以如果你追求梦想却突然卡关，对未来感到彷徨，给自己一点脱离轨道的勇气吧。

假设你可以活到七十岁，你是否愿意给自己一年的时间，先停下手边的事，去做一件你这辈子可能都不敢做的事？哪怕只是一趟旅行……我不敢说这样做了之后你一定会成功，但相信这一年的经历，将会给你一辈子用不完的力量。

< Act Two >

如果青春注定就是要不断地向
前走，他—妈—的我的出口到
底在哪里？

三十三岁那年，因为电影梦欠了三百多万，
你还敢有梦想吗？

"如果在你三十三岁那一年，负债三百多万，你该怎么办？"很刺激也很沉重的开头，但现实人生似乎就是如此。

　　因为《翻滚吧！男孩》的成功，我被认为似乎有些票房保证的能力，开始有投资人来敲门、打探开拍新片的计划，于是我将北上住在西门町九年的生活观察为故事，完成了《六号出口》。

　　当时因为在西门町拍了《鸦之王道》这部纪录短片，认识了其他几位朋友，街舞男、滑板男、DJ男以及把风男，于是拍了续集纪录短片《街头风云》。他们认为嘻哈是一种态度，不应该拿来比赛，所以当他们无法满足于地上的滑行时，便开始挑战极限，例如从一层楼高的屋檐踩着滑板滑下来，比赛看谁可以站得住。

　　结果当然是站不住啊！每个人都摔得鼻青脸肿。不过最残忍的是他们每次都邀我去当见证人，要我拍下惨痛的一刻，我问他们为什么要这样做？他们说："掉下来那一刻，真的很痛，不过很爽，因为那一刻才有存在的感觉。"

当时的我完全可以体会他们的心情，他们大概都是被父母或老师贴上标签，认为不会念书，考不上好学校，一辈子就没用了，更何况是要父母赞同他们热衷的滑板或街舞呢？毕竟，没有人认为只要好好认真地投入玩滑板，就会找到未来，就如同没有人会认同我从事电影这个行业一样。就算当时我已经有了《翻滚吧！男孩》看似成功的作品，我的家人依然不认同，觉得我什么时候才玩够了愿意转行？"在无力反驳这个世界时，只有透过一些事来证明自己的存在吧！"这就是当时用来支撑自己的精神，于是我展开了《六号出口》的电影计划。

首先，我很顺利地拿到新闻局对新人拍摄电影所补助的将近一百万辅导金，合约上注明至少要达成翻倍的对等制作规模。我很清楚一部电影的制作规模，不像纪录片是几个人可以掌控的，所以我去拜访了之前工作认识的电影制片黄江丰恳谈，希望他除了可以担任电影制片外，更可以把这个案子当作自己的创业作来看待。

很幸运的，唉！他竟然被我"骗"上船了？！会说"骗"的原因是，到今天我依然不知道是不是我害了他走上这条不归路的。

当时丰哥已是多部电影的制片，他有一家名字十分威风的制作公司叫作"一条龙虎豹国际娱乐有限公司"。过去他的公司都是执行单纯外包的制作业务，直到《六号出口》，才算是第一部自资拍摄的电影。当我邀请他跟我一起创业，他竟然答应了，于是我们便火速展开"翻滚龙虎豹"计划，积极筹备《六号出口》这部电影。

不知道是不是所谓的初生牛犊不畏虎？我们希望制作的第一部电影，能够有别于过往的台湾电影规格，不管在视觉或美术上，都能有一定的改变，加上《翻滚吧！男孩》的成功，导致某种少年得志的豪气——最后这部片制作预算加宣传营销，费用竟然高达六百万。

彼时，身边所有人都劝阻我们不要这么冲动，因为那几年没有一部台湾电影可以将成本回收，更何况这样惊人的制作预算，一定会赔死！但是当时我们完全听不进去，因为我们认为一定有机会可以改变一些事，只要自己不后悔。

所以《六号出口》从一部独立小制作电影，试图让它变成具有一定规模的商业电影，我们大胆启用当时第一次演出电影的彭于晏与阮经天担任男主角，还有独立乐团女歌手阎韦伶，并与韩国制作公司跨国合作，加入韩国女演员刘荷娜担任女主角，同时与知名音乐制作人林暐哲合作电影音乐，企图打造一个全新的视、听觉感官的商业电影。

当我们端出这样的菜色组合时，一开始的确被媒体关注，并且开始积极参与台湾内外的电影集资会议。不过当时的我跟丰哥，确实完全不懂如何将电影语言与金融投资者之间做良好的沟通，虽然有机会面谈了许多大型的投资公司，但最后十分可惜地都断了线。

不过电影计划一旦启动了，就无法停下来，尤其一旦开拍了，如果一喊停，非常有可能全盘皆输。当时我们以为这样的计划胜算很大，虽然在开拍前，六百万的投资金没有全部到位，但我们评估一定挺得过拍摄期，况且我们对手上几个投资者十分有信心，于是，电影就这样开拍了。

首先，开拍前发生了一件残酷的事，丰哥的老婆要前往上海工作，她跟他说如果执意要开拍《六号出口》，她建议先结束这段婚姻关系，因为如果电影失败了，他还可以去上海找她。最后，我被通知去当他们的离婚证人。

接着拍摄剩下不到半个月时，有一天清晨丰哥跟我说，之前几位投资者临时喊卡不投资了，今天午餐不够钱付，要我想想办法，我紧急打电话给我的多年老友杰克，周转一笔钱，当时杰克已是台湾柯达数字相机台湾区经理，混得还不错。

事情愈来愈大条了，但是电影还有半个月就拍完了，就此喊停的话，我们就什么都没有了，但我们身边能够周转现金的朋友，都开始害怕接到我们的电话，我俩似乎走投无路了。后来透过丰哥好友的牵线，介绍了电视圈的大姊小燕姊，某一天收工后，我俩连脏衣服都来不及换，就跑去见她。

小燕姊见到我们时，开玩笑地说："你俩是来讨债的吗？"因为当时丰哥剃平头又留了胡子，看起来蛮像日本黑道。

小燕姊又说："我完全不认识你们，知道为什么我想见你们吗？"

原来，小燕姊无意间在某个影展看到《翻滚吧！男孩》这部片，她被纪录片所感动，她从故事当中理解了我的企图心，所以一听完我们拍摄《六号出口》的状况后，小燕姊二话不多说，直接问我们还缺多少钱可以把片子拍完？在完全没有要我们签下任何借据的情况下，她马上打电话给她的会计长，要他送支票到办公室来。当拿到支票那一刻，我俩激动得眼眶泛红，一时不知道该说些什么。

小燕姊说："你们就好好把片子拍完，其他事情先不要想太多，将来如果赚钱了，记得帮助需要帮助的人就好。赶快回去洗澡睡觉，明天还要拍片吧！加油喔！"

我记得那天我们搭着二十一层楼高的电梯下楼时，两个人故意背对着背不看对方，因为那一刻，我们都在偷偷擦掉脸上的泪水。

后来电影如期顺利拍完，接着全力展开宣传。然而，拍片跟宣传绝对是两回事，当时电影圈也没有专业的营销团队，所以导演除了拍片，还要兼着卖片，根本做不好，只有硬着头皮瞎冲。

上映前一个月，我们用力跑了全台五十场的校园巡回，跑到快虚脱，然后上片时也无力抵抗上映档期问题——上映前一个星期是《蜘蛛侠3》，上映后一个星期是《加勒比海盗2》，被两部好莱坞大片夹杀下，《六号出口》上映不到一个月就默默下线。

那一年，我三十三岁，因为电影梦，我跟丰哥负债三百多万。

我们曾经有一个糟糕的念头——"跑路"算了，当时许多人完全不看好我们，觉着我们应该会互相埋怨导致拆伙，但我们最后选择留下来面对现实，积极跟后期厂商协商还款事宜。很庆幸的是，最后大家愿意让我们分期摊还来渡过难关，尤其特别感谢现代冲印与利达影视两家后期公司，若不是他们大力的支持与协助，我们两个人不可能走到今天。

后来，我们仔细回想整个过程，直到今天我们也从来不觉得后悔。如果当初没有把腿劈得这么开，没有跌到这么惨，也不会知道原来谷底就是这么深，心想只要没摔死，都还有机会翻身……只是这个学费还蛮贵的。

——不过，现在想来，还真不知道那几年我俩是怎么样挺过来的。

当决定面对一切后，我俩分工合作，我开始在台湾各地流浪拍摄纪录片，有案子就接，接到经常夜里被噩梦惊醒，感觉自己好像闯了大祸一般的惊恐，我深刻体会做梦要付出极大的代价。

至于丰哥，则留守台北继续周转现金还债，周转到连朋友都害怕接到他的电话，但他还是得继续打下去。

有一天他实在周转不灵时，打电话要我想想办法，因为四万的缺口，会让我们努力了一年，维持公司跟银行的信用全数瓦解。后来我们讨论之下，认为如果都已经努力了，但这个关仍然过不去，或许就是老天要给我们的教训，注定我们该结束，我们也就认了，静静等待死亡的来临吧。于是我忍痛继续拍片，到了傍晚我又接到丰哥电话，他说下午发生了一件事，扭转了局面。

那天中午他去自助餐吃午餐，沮丧地想要放弃了，结果吃下第一口饭时，抬头遇见了他的前前前女友。幸运的是当年他们是和平快乐地分手，所以多年后再相遇，两人相谈甚欢。不过就在要道别时，丰哥突然开口对前前前女友说："可以借我四万吗？很急，三点半前就要！"这个请求非常唐突，换作是任何人，都会吓一大跳吧。但是不到一个钟头后，前前前女友竟然汇了四万到我们公司户头。

电话那头的我听得眼眶泛泪，因为我觉得这世界实在太荒谬了，实在太可爱了，生命中有这么多贵人默默帮着我们。从那一天起，我们觉得好像没有什么资格或理由再轻易说放弃了，只有继续做梦才对得起自己跟大家的相挺。

那段期间，我们开始接拍一些过去可能都不愿意接的案子，但是为了不想放弃，为了期待有一天可以再拍下一部电影，我们只有面对现实。我印象最深刻的案子，是一个五十二集的台北县乡镇旅游纪录报道片，我突然变成"喵导念真情"的角色，必须出现在片头尾并且录了五十二集的旁白，所幸当时许多友人导演郭乐兴、江金霖、杨志龙、刘权慧等大力协助，帮我们分工拍摄挺过难关。

我还记得有一年的农历年前心酸的画面，那时公司只剩不到两千元的现金，我们一人分个几百块好有点车钱回家过年。当时真的有点气，气自己真他妈为了什么呢？！怎么会搞成这个样子？我们协议过年回家想想，是不是过完年后就把公司关一关、解散算了？后来公司没关，不过我们只能跟员工说抱歉，希望他们暂时去投靠别人，大家有缘再相见。

最后，公司缩编到只有我和丰哥两个人加两台计算机的战斗部队，我们希望为自己再拼一把，并且积极酝酿下一部电影《翻滚吧！阿信》的剧本。那几年我们试着到处投案，一开始辅导金也没通过，后来幸运地入选金马创投会议，有了对外发表的机会，虽然依然找不到投资者，不过我们没有因此放弃，反而更加积极修改剧本，继续等待下一次机会的到来。

人生往往在最苦难的时候，会面临最多的考验，它的目的不是要你放弃，而是看你愿意为自己付出多少？哪怕是被人踩着头吐你口水，你都要忍住，因为只有你心底明白，那些付出是为了什么。

我记得当时有一次去某家电视台提案，当时节目总监指着丰哥说："你在外面的制片风评不是很好，掌控预算的能力有很多问题喔。"接着指着我说："你还是回去拍纪录片好了，我看你没什么能力跟人家拍电影，一拍就赔这么多钱，要不是我们副总给你们机会，你们两个怎么可能还有机会拍片呢？"

　　我当下以为丰哥会翻桌走人，因为以他过去火爆的个性，这把火早已经烧到屁股了，我也蓄势待发，结果他竟然忍住了。我俩笑了一笑，决定吞下来，因为只要今天撑过去了，就会有明天。

　　有时候想想，把这些过程当成是一段旅行，这样人生才会充满惊喜，不是吗？这些年过去了，我依然经常问自己一个问题：

　　"当你三十三岁那年，因为电影梦欠了三百多万，你还敢有梦想吗？"

<Act Two>

种下一颗梦想的树，
让它一直长、一直长……

▽

实践梦想其实很简单，
只要去做就好。

二〇〇七年底，我一度觉得我的人生完蛋了，我再也不可能有拍下一部电影的机会了。

除了负债的压力外，主要是信心彻底被击溃，因为两年前《翻滚吧！男孩》带给我的人生小高峰，两年后却因为《六号出口》，整个跌落谷底趴倒在地，而且这个山谷蛮深的。

说个玩笑话，当时我曾经回去故乡宜兰南方澳渔港，想询问如何办理偷渡事宜，效法许多早期电影圈前辈落跑的路数。不过如果一跑，我将会被通缉三十年，也就是说下一趟再回到美丽的宝岛，我已经六十三岁了。老实说我有些不甘愿，我又没有做什么伤天害理的事，只是爱做梦，但我承认这个梦做太大了，大到我有点承受不起，快要喘不过气了。

"别再轻易相信梦想了。"当时的确这样深刻地警惕自己。

直到有一天，我遇见"种树的男人"，谢谢他让我再度相信梦想这件事。

"其实，

梦想是可以即知即行的，

把树种下去，

我觉得是最划算的。

因为你把树种下去，

不管你在上班或在睡觉，

它都在成长。

它不会依赖你，

它就一直长，

所以不管什么时候，树先种下去就对了！"

"种树的男人"卢铭世开心地说着。

二〇〇七年我完成第一部剧情长片《六号出口》，我以为我会因此找到自己的出口，但是很遗憾的，这部电影却让我跟公司陷入困境。除了背负债务的压力外，也开始对未来电影创作这条路感到怀疑。

在这个机遇下，我幸运地认识了卢铭世老师，大家都叫他小树哥哥，一位自故乡嘉义开始种树、彩绘壁画的男人。在我开始怀疑许多事情时，他给我了坚定的力量，告诉我实践梦想其实很简单，只要去做就好。

我还记得刚开始拍摄《种树的男人》时，我有点怀疑到底卢老师在坚持什么？完全没有资源与收入，却用一种十分环保的方法，愿意不断地付出。直到有一天，我终于懂了。

那天一大早，我接到卢老师电话，他要我们提早出发进行拍摄。到了嘉义某个乡间，他手比向看不见范围的空间，那天要完成的墙面彩绘与种树的范围超过想象，天气变冷了，如果靠他一人独自工作，应该会画到深夜才会完成吧。于是我跟拍摄伙伴说，今天不要拍片了，我们帮卢老师一起完成吧！

我记得大约黄昏时，我们一起完工了，看着大家流着汗水、开心地微笑着，那一刻我突然懂了。

一九九九年，卢老师被法国作家尚·纪沃诺（Jean Giono）《种树的男人》（*L'homme qui plantait des arbres*）一书吸引，直奔普罗旺斯（Provence）找寻书中乡间的树林，深受感动之余，同时也决定回台湾改变家乡一些现状。

二〇〇〇年，卢老师的家里发生了一些问题，导致家人之间的关系产生变化，父母亲每天过得并不开心。卢老师当时并没有思考太多，也没有太多把握，只是觉得应该要下定决心做点改变的事吧！

于是，他跟父亲提议，在家里闲置的田地上种树，起初他的父亲不太支持，因为过去务农人家，为了避免妨碍农作物生长，看到田里有树苗，不是拔掉就是毒死，少有人保留田地里的树苗。但是地空着也是空着，卢老师父亲就默许他的种树计划了。

于是，卢老师的树苗基地就此诞生，到目前为止两千多棵树的树苗，大部分都是从这个基地分送出去的。直到现在，原先反对的双亲，也渐渐投入种树的计划，不仅母亲会帮他照顾苗木，父亲在野外遇见树苗，还会问儿子："有棵小樟树，挖回来种好不好？"卢老师也在这个基地旁，建了一个理想家园，废物利用地让父亲的猪舍变成了浪漫的"四分之一玻璃屋"。这个地方变成平时父亲与哥哥卢正道招待村民的好所在，也让卢老师看到父亲久违的笑容。

还有许多次，为了要做"角落美感"的行动计划却缺乏经费时，卢老师就在村落举行拍卖会，他的母亲捐出一箱亲自种的丝瓜，结果两元起标的丝瓜，最后每一条皆以二十元卖出。这样的行动，让父母亲的生活变得开心。卢老师记得小时候母亲常因操劳过度而住院，但是现在没有农作物收成的压力，种树劳动的一切都是充满意义并且开心的，所以母亲已经很久没有看医生了。

在长达九年的执行过程中，有很多人给予协助支持，当然也会有人认为他"吃饱闲着，做憨工！"但是卢老师却不在意："爱着卡惨死①，我热爱自然，所以我种树。"不过他的梦想不只这样，他还有一个更远大的计划，立志沿着北回归线以树林种出一条绿丝带。

"或许这一代无法完成梦想，但下一代可以继续执行，重要的是一定要开始做。希望有一天在远远的卫星传回的影像上，台湾是可以看到这些绿色梦想的地方！我认为，没有到不了的梦

---

① 编者注：闽南语，大意是就算我做了别人觉得很傻、很笨、很不划算的事情，我也甘之如饴、无怨无悔。

想。只要有人开始去做，我想一定会成功的。"卢老师依然诚恳像孩子般笑着描述这一个大梦。

从二〇〇七年八月开始，长达半年时间，我与工作团队随着卢老师在嘉义县市上山下海，拍摄《种树的男人》的纪录片。对我们来说，这趟旅程的影响与意义，已经超越拍片这件事，他让我们所有人开始思考：也许有另一种生活方式的选择；同时也给我了一些信心与力量，我必须要勇敢一点，编织我下一段梦想了。

后记

这个纪录片拍摄完毕前，卢老师突然接到一通来自云林古坑阿伯的电话，他有一块七甲地，想捐出来支持卢老师种树。古坑阿伯说："这块地以前种农作物与咖啡豆养活了他的子女，现在孩子们都长大了各自有了成就，该是要还给大地的时候了。"

后来卢老师找了古坑阿伯与他的家人，一起到那块七甲地种下第一批树，我们才知道，阿伯在五十五年前被抓去当兵前，种了一棵树，万万没想到那棵树竟然还活着……我想，这个故事可以一直说下去，因为卢老师的树会一直种下去，但是更重要的是，希望通过这个故事，让更多人除了感动之外，能够开始实践种树计划，思考改变所居住的环境，不要轻忽"你的小决定，大大影响新可能"！

有人曾说我是台湾电影
的一颗老鼠屎

▽

千万不要害怕失败……够坚强、准备好，
等待下一次机会到来。

"往往人们最容易忽略的记忆，总是发生在最习以为常的地方；然而最甜蜜的记忆，却也是发生在最习以为常的地方。"

　　二〇〇八年，我因为进行一项发生在南部的纪录片田野调查，所以经常在高雄工作。每次返回台北的路上，可能高速公路的车速，让空气里的温度渐渐变冷了，那时总是会想起高雄爱河边缓缓吹来的暖风。我想高雄就是会给人一种"眷恋记忆"的感觉。

　　因为这样，我心中萌芽了一个发生在高雄的故事，片名叫作《对不起，我爱你》。

　　故事描述了一位来台学习中文的日本女留学生，在离台前意外获选为一部电影的女主角。意外的演员生活，却让她承受了不少压力，也打乱了她的人生计划。于是她决定逃离台北一天。任由旅游书籍的随选命运，意外地把她带到台湾的南端城市——高雄。

一位高雄当地的男孩，父亲在他七岁那年，在一次出海之后就没回来了，所以他经常给人一种没有根的漂浮感，如同他成长地方的命运——盐埕区五金老街，即将因都市更新计划而被拆除。他经常去电影图书馆看免费电影，偶尔当一下志愿者。他熟知每部经典爱情电影的桥段与对白，并且不时地在现实生活中反复练习着。他期望将这一切事情留下一些故事，用一台数字录音笔，记录了他所有的感受与秘密。

某日，南方木棉花开的午后，日本女孩因为丢了皮夹，而认识在电影图书馆当志愿者的男孩，在她身无分文时伸出援手。男孩答应借给女孩一百元，但前提是女孩必须在钞票写上自己的姓名与住址，如果有一天钞票再度回到他的手上时，女孩要成为他的女朋友！女孩答应了，却在付完账之后，趁着男孩不注意时悄悄离去……

然而，缘分就是如此神奇！那张钞票其实从那一刻起，早就仅仅系住两人的命运！只是他们都不知道，当脱序的生命比原本预期的更加美好的时候，是否应该留恋？

这个故事某种程度来自于田中千绘小姐的真实回忆。某次跟千绘聊天时，问她对台湾的印象，她说之前在台湾待了半年学习中文，准备回日本前，她在台湾的寄宿家庭父母，带着从未离开台北的她去了一趟高雄。散步在爱河畔，晚风缓缓吹来，那一刻，让她想起了十八岁在东京湾台场河畔的初恋记忆，那样晚风的温度与高雄爱河旁是一样的，于是高雄让她有了眷恋的感觉。

跟千绘谈起她的亲身经历后，我开始思考，为何众多的旅人对高雄总有些特殊的感觉？原来是故事记忆的链接，我想起了一九九五年的电影《爱在黎明破晓时》（*Before Sunrise*），故事描述两位年轻人在旅行中相遇后，他们大胆地相约进行半天的维也纳之旅。分离前，他们一起走过的风景，一一再度呈现于画面时，十分令人感动。

我想象如果有机会拍摄这部影片，我希望影片的拍摄手法将会采取我所擅长的纪录式剧情片的模式。除了让两位演员用接近他们真实生活的样貌演出外，也让他们实地到高雄进行彩排，并且一同进行剧本台词创作，让一切都建立在近乎真实之上，因为每个高雄的真实景点，而有不同的真实感受。

后来，这部片很幸运地获得了高雄市政府的拍摄补助，拍摄前，制片丰哥跟我说压力不用太大，总共只有十二个工作天，以及五十万的拍摄预算，只要不超期、不超支，爱怎么拍就怎么拍，好好开心去创作吧！

这部电影应该是我入行工作以来，拍得最开心的一次，我似乎回到学生时代创作的感觉，一开始我完全没有预期这部电影会上院线，所以完全没有所谓的票房压力。我跟编剧江金霖以及摄影师傅士英，做了很多大胆的尝试：除了两位主角自台北出发，剩下的演员全部以当地住民为主；现场编写台词；我们用了大量的手持摄影，希望可以营造纪录写实的风格；我们用了大量逆光，希望可以捕捉高雄给人的夏日午后的希望感。

这部电影后来被戏称为"灵媒电影"，因为我们预测了一些事后来果然成真。千绘拍摄这部影片前，刚拍完《海角七号》，不太确定未来是否留在台湾发展，所以我就邀约她用这样的真实心情，一起来发展《对不起，我爱你》的故事。我们在片中，大胆预测千绘会因为《海角七号》电影爆红，没想到果然成真。不过因为这个原因，让这部原本不打算上院线发行的电影被看见了，佳映电影公司刘嘉明总经理十分喜欢这部电影，于是开始着手发行计划。

许多人看完这个故事，总是会好奇地问，那张牵引两人缘分的钞票会回来吗？我深信钞票有一天一定会回到男孩手上，因为他有一种孩子般的天真执念。而女孩也因为这样，开始相信一些事情，最后带着男孩给她的爱情力量，勇敢地面对自己的未来。这似乎是两个陌生人相遇之后，最大的价值与意义，是不是真的有爱情，反而不重要了。如此身为一个观众，在看完故事后，也会期待一辈子也能遇到这样的人吧！

二〇〇九年初，《对不起，我爱你》展开全台十五家戏院小规模的上映计划，观众反应十分两极，票房结果也不如发行公司预期，算是十分凄惨。许多电影评论对于我第三部院线上映的电影作品，非常不满意，批评声四起，甚至有一位电影圈的前辈，严厉地批评，我简直是一颗坏了整锅粥的老鼠屎，在台湾电影因为《海角七号》正要起飞的时候，这样的电影会吓跑许多刚对台湾电影有信心的观众，希望我别再拍电影了。

可能自己经历了《翻滚吧！男孩》的小成功，到《六号出口》的大挫败，我觉得作为一个电影创作者，不要给自己太大压力，每一部作品只要问自己是否认真付出真感情、是否有用尽全力去表达自己想说的？只要不后悔并且对得起自己就好。所谓失败不是交由别人来认定的，千万不要害怕失败，就算失败了又怎样？！只要够坚强、准备好，等待下一次机会到来。

< Act Two >

"如果一生只有一次翻身
的机会，那就请你用尽全力
吧!"

在还这么年轻、拥有强大的复原力量时，
尽情地历经挫折与失败。

"练体操与拍电影都是一条困难的道路，如果你下定决心往这条道路走，你就应该开心地坚持下去，撑到最后就是你的了。"

二〇〇八年的春节，我回教练哥哥阿信家过年，他习惯除夕夜在二楼阳台摆摊烤肉给大家吃，不过你知道的，台湾男人加上硬汉运动员的性格，很难说太感性的话，但在几杯啤酒下肚后，哥哥开口了。

"在台北日子不好过喔。"

"嗯。"

"你那个什么出口的，看不懂咧……"

"嗯。

"哥，我想转行……"

"确定？你不是喜欢拍电影吗？"

"……"

"要是喜欢就撑下去吧，撑到最后就是你的了。"

"好啊，那我想拍你年轻时的故事。"

"我？！好啊，你要是准备好，我就帮你。"

哥哥可能觉得又上当了，不过这种很台湾传统男性式的鼓励却是真心动人。我写了五千字的故事大纲，并且找编剧王国光定期回宜兰跟我哥哥聊聊。我为《翻滚吧！阿信》这个故事下了一个标题——

"哪怕只有一次机会，我都要用尽全力翻身。"

接下来的日子，我跟丰哥几乎是靠着这句话撑下来的。我们开始写剧本、开始跟投资者面谈、不断地被拒绝；我们依然继续修剧本、继续找机会寻求投资、继续被拒绝……直到三年后，这个剧本修改到第三十三个版本，我们遇见了《囧男孩》与《艋舺》监制李烈，我跟烈姊说："阿姊，你帮我看看，如果你也说不行，那我就认了。"一个星期过后，烈姊打给我说："孩子，我们来拍片吧！我被你的剧本打动了！"

我们很庆幸，在还这么年轻、拥有强大的复原力量时，尽情地历经了这些事情。回想那三年寻找投资的日子，我们深刻体会了被讽刺、被批评、被羞辱、被怀疑的滋味，唯一不变的是我们没有选择放弃，我们想再给自己一次机会。最后，我们才真的懂了什么叫作"挫折"，什么又叫作"想翻身"，唯有亲身经历才知道挫折的痛，才知道想翻身需要多强大的力量。

如果一部电影里拥有众人都想翻身的寄托，那我想这股力量一定十分惊人。《翻滚吧！阿信》这部电影的幕后工作人员，有一半都是当年《六号出口》的团队，这几年来大家各自在外磨炼，直到电影开始进入筹备期时，一经丰哥号召，全员集合，所有人的眼神就像吴宇森导演的电影《英雄本色》里，小马哥周润发对狄龙说的话："有一天，我一定要把我当年失去的全部要回来。"除了感动之外，我只有用尽全力，带领大家往未知的航程前行。

除了工作人员外，我想好好介绍一位我敬重的朋友、我敬重的演员。虽然我常形容他在拍摄期间，简直像蜜蜂一样不停在耳边骚扰我，但我很开心被他骚扰。我觉得某种程度上，不是我在带领他怎么演戏，而是我创造了一个时空，带着他回到那个年代，一起经历探索当年我哥哥发生了什么事，很谢谢他的陪伴，与我一起补足了这一块。

他就是彭于晏，他的第一部电影处女作就是《六号出口》，虽然后来我们都没有找到出口。多年后再相遇，我知道他因为经纪合约的问题，有点想放弃演员这个行业，我把阿信的剧本寄给他，希望给他一些鼓励，没想到隔天他就打给我，说他看完剧本后哭了一整晚，他觉得一个年轻人为了体操梦可以付出这么多，那他有什么资格放弃？

当时我什么都没有，我也不确定这部电影何时能开拍，不过彭于晏十分有义气地对我说："导演我等你，在你没开拍这部电影前，我一定撑着等你，加油！"听到这番话，你说，这样我还有退路吗？

"宁可接受失败，也不愿意接受放弃。"这是彭于晏在接受体操特训时的信念。

其实在拍摄过程中，我一度觉得彭于晏疯了，因为他实在太拼了。他以为他是体操选手，后来在过程中受伤了，我跟我哥都有些担心。不过当他完成最后一幕，国际赛的跳马冲刺，那个眼神十分惊人！一般体操选手至少苦练多年，才有可能挑战后空翻等跳马动作，但因为他绝不让自己后悔，只有拼了！我想那一刻，彭于晏相信自己就是阿信，他知道这二十五米的跳马跑道，花了阿信教练十五年的岁月，此刻他只有奋力一搏！我当下相信他就是阿信。我也很高兴我哥看完电影后，连声说："就像自己在演一样！"那表示我跟彭于晏都做到了。

"哥，我们没有让你丢脸吧！"

回想起三年前，我开始写《翻滚吧！阿信》这个故事，有一天在跟我哥哥聊这件事，他跟我说："这是我的故事唉，你说拍就拍喔！"那时我不太懂他为何有些生气。三年过去了，这也许是天意，我也经历了人生的低潮，那一刻，我才真正体会了我哥哥到底经历过什么样的人生。不管有多苦也不放弃努力准备着，一切都为了有一天"翻身"的到来。

我想不管是彭于晏、柯宇纶 、丰哥或者我，大家一切的努力，不也都是在等这一天到来吗？

"哪怕只有一次机会，你准备好了吗？"

< Act Two >

《翻滚吧! 阿信》诞生过程的
几个重要小笔记

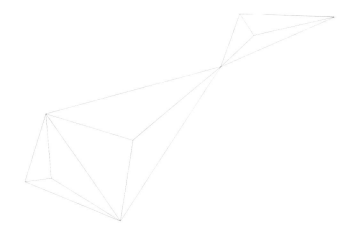

那些早以为已经忘记的事,
其实一直都存在着……

二〇一一年／一月五日

放完年假后，连续数日进出剪接室，那种熟悉的节奏感似乎又回来了。固定的路程与固定的时间会开车经过泰北高中旁，闪黄灯，将车停在黄线下车走到对面马路的7-11，点了两杯外带热美式咖啡，店员总是不带感情、重复性地询问要加糖或奶球吗？有点期待哪天店员不再跟我询问糖跟奶球的事，而是带点感情地跟我说："过马路请小心喔！"

二〇一一年／一月十五日

在前往剪接室的路上，我终于明白，原来只有我喝太多浓汤，一时需要清淡，大家都是第一次喝，浓一点吧！这似乎也印证剪接指导廖桑说的话："影片剪到了这个阶段，下刀要非常小心，一失足会遗憾一辈子。"经过大家讨论后，发现有些剪法痕迹太过明显，拿掉一些场次，又剪回来一些场次，一切回到观影的直觉。后来发现这样处理后，电影中角色的心情似乎又有了重大转变，并且给了观众一个重要情绪的出口。

"真实的人生，也可以这样剪接吗？"

二〇一一年／二月十日

今天剪接进度更加顺畅，几乎是提早到达终点。剪接指导廖桑剪完后，十分满意地说了一个冷笑话："这真是一部'李连杰老婆'的电影啊！"（李连杰老婆名为利智＝励志）哈哈哈！廖桑谦虚地说，他其实没有剪什么，只是找回导演的初衷。这让我想起当初为这个电影写下的某一段话："那一刻阿信才懂，那些早以为已经忘记的事，其实一直都存在着，甚至，强烈到能唤醒失去的记忆。"

"剪接真是一件神秘又令人着迷的事啊。"

二〇一一年／三月五日

"嗯！应该有了……"当我跟剪接晓东老师剪到最后一段时，将某一场整个勇敢地剪掉，然后只留下三个镜头，提前放在不同段落，我们不约而同地对彼此微笑着。剩下就看明天大家的反应啰！紧张紧张、刺激刺激啊！

二〇一一年／三月十日

"今天放片给你们看，不是基于导演的立场，而是朋友。"放映定稿影片给演员前，先谨慎地说了这段话，我想我应该十分紧张，对于他们，我想当时的心情也跟我一样吧！影片放映过程中，我从他们的背影发现他们的心情，从兴奋欢笑慢慢转换成认真，直到背部微微颤抖啜泣着——那一刻我心中真他妈的放下一颗大石头。放映会后，看着两位真男人坐在后阳台畅谈观影后的心情，那种出现于片中阿信与菜脯的自信神情，再度回到他们脸上，我想他们应该了解我在做什么了。

二〇一一年／三月二十九日

晚上去参加的电影圈脸书趴暨烈姊的生日派对，开心见到许多曾经为电影一起努力，以及未来即将一起为新电影努力的朋友。离去前，有点微醺的烈姊巴了我的头，对我说："阿喵，你太ㄍㄧㄥ①、太认真了！"哈！我有吗？

二〇一一年／四月五日

今天果真是紧张紧张、刺激刺激的日子啊！经过下午的影片大会审后，我们在六点前鼓掌通过——《翻滚吧！阿信》影片宣告定剪啰！准备迈向下一步音乐声音与影像后期，感觉就差一步了。回想去年十一月拍摄完毕，开始进剪接室，一晃眼也快过了五个月，一路来历经多次推翻与重整，谢谢大家这一路来陪伴探索、迷路，以及找到出口，让我生命中曾经历经的影像似乎又再度重现……我想今晚会有个好梦。

二〇一一年／五月一日

今天开始进入电影后期调光，可能是之前看太久模糊的剪接版，今天第一次看见动人的影片细节，原来演员的眼睛都发亮了，连自己都十分惊讶，哈，怎么会有如此反应呢！搞得好像自己刚出道的小孩，本来就有的啊，不是吗？这让我想起之前友人王班长看完初剪后，跟我分享的心情："影片令人动容的是，青

---

① 编者注：闽南语，意思是矜持着、硬撑着。

春浮动的情绪与精力，四处流窜，有人换得梦想，有人换来荒芜。那种莫名所以、无所依循的生命逻辑。"

二〇一一年／五月十三日

长达二十小时的飞行加等待转机时间，终于到达法国南方尼斯（Nice），大家还笑得出来，还不赖！不过在吉隆坡等待转机时，得知同行的彭于晏长期所关心荣总93病房的小朋友，在昨天下午我们起飞时，也跟着起飞去当天使了。他说遗憾来不及带他们看首映，我想他的心情就像此刻夜晚的停机坪——请放心，他们一定会来参加你的电影首映会的，别难过，加满油，请继续起飞。

"在这个充满不确定性的世界，大家要用尽全力好好生活才是。"

二〇一一年／五月十五日

大学时代，因为去留法的电影制作彭丽华老师家，吃了一顿三小时的法式晚餐后，我就"肖想"有一天可以去巴黎。至今有两次机会靠近它，一次是去英国参加影展，没有签证不能坐火车过去；这一次来了法国，不过却是去戛纳。戛纳影展，这是二〇〇一年刚入行时，梦想有一天可以亲自来一趟，十年过去了，二〇一一年终于来到这里，虽然只是来宣传，但是似乎离梦想愈来愈近些。感谢这一路上帮助过我的人，我会永远记住今天午后这道温暖的阳光。

"如果你还有梦，就把梦做大吧！"

二〇一一年／五月十六日

今晚终于来到戛纳影展之行的重头戏"台湾之夜"，首度对国际影人与媒体公开放映《翻滚吧！阿信》两分钟海外版预告片，烈姊、彭于晏和我三人，一起心儿怦怦跳在台下观看着，放映完那一刻蛮感动的。协办的法国影人对我们说："我觉得这会是一部充满力量的电影，我很喜欢。"感谢台湾媒体这三天来对我们的厚爱与协助，再度感受到台湾人在海外的互助温情，那种大家都想把事情做好的动力，绝对是接下来回到台湾后，我们想继续将这部电影的意义与力量传达给大家的。

"你准备好要跟我们一起翻滚了吗？"

二〇一一年／五月十九日

生平第一次在飞机上过生日，虽然期待空姐会有"湿贝秀"（special）的希望落空，但可以前往戛纳影展，以及收到大家满满的祝福，我已十分感恩满足！想起当年《六号出口》拍摄完毕后，答应要带第一次拍电影的彭于晏参加国际影展，结果哪都没去。这次在烈姊的支持下，我们终于有机会踩上戛纳影展的红地毯。我想此刻对我与彭于晏来说，都是一个很重要的鼓励，并且让我们对未来有更大的勇气去探索与挑战，希望将这样的生日力量也送给大家！

注：
转机中，六个小时后回到台湾，即将展开《翻滚吧！阿信》全台湾的宣传活动。八月十二日，"倒立不让泪留下，翻身厚哩叫MaMa"。真正有影！

< Act Two >

电影演的是真还是假?

▽

"你没有别的哥哥可以拍了,
下一部片怎么办啊?"

"导演，请问这部电影里有多少内容是真的呢？"

观众很喜欢问一部真实故事改编的电影中，真实成分有多少？我经常开玩笑地说，这部电影里百分之八十是真的，百分之二十假的部分是关于片中的小贤，因为我找了《阁男孩》骗子一号李冠毅这位小帅哥来饰演当年的我。

我觉得拍电影有一部分的目的，是为了实现当年自己来不及或未完成的事。很多观众会问：当年的我真的有被打吗？事实是我没有被打，但是也发生了类似电影中才会发生的情节。

我记得上高中开学第一天，当我走到校门口时，突然被四个学长包围，问我是不是阿信他弟？接着就把我带到体育馆旁的阶梯。我试着握紧拳头，想说："不会吧？真的找上我？好吧，来吧，我准备好了。"我幻想着等下准备要开干了，我等待多年的机会终于来了。

结果跟我想的都不一样，四个学长跟我说："接下来三年好

好念书，有什么事我们罩你，知道吗？"他们是哥哥的好友，哥哥逃跑前担心仇家找上我，交代他们要好好照顾我。我心里暗自想象："切，什么嘛！"不过现在想想真有趣，这种情节不是只会发生在香港那些古惑仔电影里吗？

当年我对我哥哥的记忆，只停留在那晚他跟菜脯惊慌地逃跑前，将金牌丢给我，然后跟我说："这个家交给你了。"接下来，哥哥流浪台北一年到底发生什么事，当时他都不太愿意提起。所以通过这部电影，我试着把当年的记忆拼凑起来，我想通过电影告诉哥哥，当年我来不及说的一些话："哥，我是大人了，别担心，交给我吧。"

"拍戏有时候真的不得不相信缘分这回事。"

在片中饰演小阿信的李翌辰，一年前看到《翻滚吧！男孩》这部纪录片后，跟他的爸妈要求希望可以转学到宜兰公正小学，加入体操队拜我哥为师。后来他爸爸留在台北工作，妈妈与阿嬷则陪着他搬到宜兰住。由于太晚加入体操队，加上脾气很拗，一开始我的教练哥哥不想收他，对他特别严厉，后来我才知道哥哥是因为看到他就想到自己小时候，而爱之深责之切吧。幸运的是，翌辰一路挺了过来，才短短一年就有不错的成绩。哥哥说这都是缘分，如果这部电影早一年拍，也许也就遇不到翌辰了……

到底这部电影对哥哥来说，是什么感觉呢？我想他一定有过挣扎，不然不会呛我说："这是我的故事！你凭什么说拍就拍！"这让我想起几段小故事。

电影拍摄期间，除了拍摄体操动作需要哥哥在场协助外，大部分时间不需要他来现场，但我们发现他都会假借探班名义带些水果饮料，几乎天天报到，后来烈姊直接搬一张椅子让他坐在我后面，我想他可能担心我乱拍他的故事吧，哈。

直到有一天，我们拍到当年那晚他出事的情节时，看了几个镜头后，他突然跟我说："我要先走了，太逼真了。"当下我有些难过，但也有些开心，难过的是我似乎掀开了哥哥当年的一些伤痛，开心的是我们似乎做到了一些事。我停机让大家休息一下，我让彭于晏和柯宇纶一起跟哥哥聊聊，我想对他们来说是一个很重要的鼓励。那一刻，我觉得重要的不是拍片这件事，而是让两个不同世代的年轻人，透过一部电影在同一个时空交会了。

这部片上映完成前只给我哥看过两次，一次是刚完成长度大约一百五十分钟的初剪版，我带了张DVD回哥哥家过年，想说趁过年期间，先放给堂弟妹测试一下口碑。看片期间我不时偷看哥哥的表情，当下心情之忐忑，看他时而带点深意的微笑，时而表情沉静到令人有些心痛。

电影放完后，堂弟妹欢呼说好看，但是哥哥却默默无语走向厕所，久久未出。我们彼此互看一眼大概知道发生什么事了。哥哥再度回到客厅时，马上恢复耍宝的态度说："林育贤，这支比你《六号出口》好看一百倍啦，你要翻身啰！"

我心想："屁啦，哈。"

哥哥接着说："不过我替你的未来感到担心，因为拍我的两部片都很成功，但是你没有别的哥哥可以拍了，看你下一部片怎么办啊？"

我翻白眼无语，但心里默默地说："哥，谢谢你。"

台北电影节首映会时，算是哥哥第一次看完整版的《翻滚吧！阿信》，我想当天他应该比我还紧张。因为要跟将近千位陌生人一起看他的故事，换作是我，心脏应该会停下来吧。电影放映完毕，未等片尾字卡跑完，哥哥突然起身开始跟身旁彭于晏握手，握不够还继续跟饰演妈妈的潘丽丽姊握手，我想他内心应该十分激动，透过握手他一方面想压抑情绪，同时也是谢谢大家，让他重新回忆自己年少轻狂的荒谬青春。

哥哥跟我们上台一起接受观众问答时，哥哥说了一段令人喷泪的话。

"因为体操救了我，让我今天有机会还活得好好站在这里。看着片尾彭于晏慢动作冲向跳马跑道时，我好像看到我自己一样。"现场观众笑翻了。

"那个跳马跑道只有二十五米，可是却花了我十五年的青春才跳过去，所有的记忆全部在我脑里演了一遍。

"谢谢大家为这部电影的努力，辛苦了。当然也要谢谢我弟弟，我以我弟弟为荣。"

当下，我真的哭惨了。因为对于一个有点替代爸爸角色、有着运动员刚硬性格的哥哥来说，这种"恶心话"，实在很难从他嘴里说出口。

最后回答每次观众必定会问的问题："请问阿信教练后来有跟599在一起吗？"

我实在不想破坏大家的想象，答案是没有的。其实BB.Call电话秘书599这个角色是我们后来创造出来的，不过在当年，BB.Call电话秘书确实是我们年少时很重要的记忆。

想想在那个封闭的年代，要跟陌生女子聊天的确不容易，所以透过BB.Call电话秘书，你可以跟一个声音温柔甜美的女孩说话（不过她十分有可能是隔壁邻居阿姨也说不定），她会记录下你跟朋友一天的生活，并且忠实传达，这个角色抚慰了当年不少无知的少男。后来，我跟编剧国光觉得599这条故事线其实很重要，她是社会上另一种人的代表，有些人没有能力或机会完成自己的梦想，但是她可以扮演很重要的鼓励角色，最终也回馈到自己身上，借着这个角色，或许可以鼓励更多人。

所以阿信教练没有跟599在一起啦，不过有趣的是，我哥哥几年前结婚了，当我知道我大嫂的工作时，我瞬间大笑——她在

"中华电信"客服部上班！我想，阿信教练对于声音这件事，应该还是十分迷恋吧。

关于"翻滚三部曲"

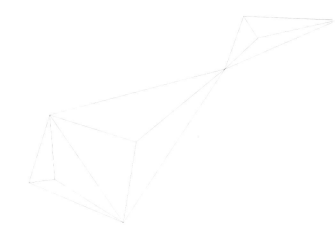

▽

每个人都在"翻滚"中长大成人，
然后完成自己的故事。

"这是一个关于我哥哥的真实故事。每个当哥哥的，一定很讨厌爱哭鬼弟弟像跟屁虫一样甩都甩不掉……，我永远不会忘记，当年哥哥为了甩掉我，在我肚子上重击一拳，然后连续侧翻外加一个后空翻离我而去的画面。虽然打在肚子上的一拳很痛，但那一刻的我竟然觉得：哥哥好神啊！

　　"哥哥长大后，有一段时期离开体操队，我经常在夜里看到浴室镜子里，带血身影的他。那时台湾的年轻人正痴迷于王杰歌曲《一场游戏一场梦》，以及刘德华电影《追梦人》，人人都想成为浪子，哥哥当然也不会缺席。那段日子现在回想起来蛮不真实的，有点搞笑又有点荒谬……"

　　这两段话是我在二〇〇五年拍摄《翻滚吧！男孩》时片头的旁白，它似乎预告了后来的一些事，关于《翻滚吧！阿信》以及《翻滚吧！男人》。

　　二〇〇五年《翻滚吧！男孩》这部纪录片，意外地将我推向人生一个小高峰，一切都不是我想象的，就这样突然来了。我常开玩笑地说，当时我想拍的是剧情片，回宜兰老家只是想等待拍电影的机会到来，可是却意外地跟着教练哥哥和体操男孩的集训，拍了一部纪录片，而且意外地成功了。我知道我很幸运，但是从那天起，"翻滚"这两个字，就跟鬼魂一样跟着我，甩都甩不掉——会这样说，可能某部分原因和二〇〇七年拍了第一部剧情片《六号出口》，却没有找到人生的出口有很大的关系吧。

曾经有一段时间我出席任何活动，所有主持人的开场介绍都是："让我们欢迎《翻滚吧！男孩》导演林育贤……"我还不断地自嘲说："实在很不好意思，一路翻了五年，都没有别的作品可以让主持人介绍我……"我想当时我一定是个缺乏自信又装酷的小子，真傻。

直到有一天我遇见了香港导演关锦鹏，他的一番话敲醒了我。

当时《翻滚吧！阿信》刚写完第一稿剧本，透过友人介绍香港的投资方，于是关锦鹏导演以监制的角色来到台湾跟我聊了一些事。他说看了之前拍的《翻滚吧！男孩》与《六号出口》两部片，如果一个导演在他很年轻的时候，就找到适合自己的路，那就应该用力地、认真地把这条路走到底，不要急着换跑道，拍一些不适合这个阶段自己拍摄的题材（换成白话文就是《六号出口》这部电影拍坏了！），所以他觉得我要好好把《翻滚吧！阿信》剧本修好，努力把这个片子做到最好。

经过他一番提醒，我的心理做了一些调整，我认真地思考自己走上电影这条道路的初衷是什么？不就是希望像当年十八岁时，自制广播节目送给同学，看着他们感动落泪，一切单纯只为了好好说一个自己身边感动的故事给大家听吗？那我是不是应该好好勇敢地面对、接受老天爷给我这个人生阶段的"翻滚"道路吗？

如果说《翻滚吧！男孩》是所谓的现在进行式，透过一个教练跟七位小男孩苦练体操的精神，来鼓励更多人"如果你还有梦，就该勇敢去追"；那《翻滚吧！阿信》就是所谓的过去式，透过一个不小心犯错的少年郎实时回头，告诉我们每个人只要不轻易放弃，都有翻身的机会。同时也是给历经数年的低潮沉潜、尝尽人情冷暖、逐渐累积的创作能量的我，一个奋力一搏的机会。

至于所谓的未来式是什么呢？

二〇〇七年底，在找不到人生出口，又十分凄惨的时候，再度与我教练哥哥相遇，他正准备带着一班翻滚男孩们前往湖南，进行体操移地训练之旅，他看我可怜，问我要不要一起去看看？于是我背着摄影机，既然不知道往哪走，那就顺着生命自然要你去的方向走走看吧。

有一天我拍到一段有趣的画面，两地的小孩在争吵，我问他们在吵什么，他们说："我们在互相刺探敌情！"哈，会不会想太多啊！我只能说两岸的政治思想教育十分成功。不过当下我觉得有趣的是：如果有一天这两地的孩子们都长大了，各自代表自己的队伍参加奥运会，并再度相遇呢？我觉得这个故事应该很有意思。于是看着两地孩子辛苦地追逐体操梦，我当下有了一个想法，可以拍摄一部未来式的纪录片电影，片名就叫《翻滚吧！男人》，我希望能够持续追踪这些孩子十五年，期望在二〇二〇年的东京奥运会上，再度于体操竞赛中相逢，为"翻滚"画下完美句点。

二〇一五年十月底，人在北京处理电影后期工作的我，接到教练哥哥的电话，他说："有状况了，菜市场凯有机会争取明年里约奥运会的门票了！"因为一场伦敦体操赛，《翻滚吧！男孩》中人称"菜市场凯"的李智凯，苦练多年的鞍马动作"汤玛士回旋"正式曝光，顺利挤进世界男子全能体操选手排名前四十强，因此有机会参加二〇一六年四月，在巴西里约奥运的测试赛；如果闯关成功的话，将有机会代表台湾参加二〇一六年八月的巴西里约奥运会（自二〇〇〇年悉尼奥运后，台湾体操选手无人有机会站上奥运舞台，此举将终结睽违十六年台湾体操选手奥运的参赛荒）。

我知道这件事来得太快，一切超乎我的预期进度，原本设定二〇二〇年的东京奥运会才会是"翻滚三部曲"的终点站，但凡事不可预料，尤其对纪录片来说，这是个重大的关键时刻。哥哥阿信教练说："你有你的人生道路，我不能勉强你，但对我来说，这是我心中一颗压了许久的大石头……"当你哥哥跟你说了这么感性的话，你还有什么选择呢？我只有硬着头皮接下任务，虽然当时北京的电影后期也有些许状况等着我去解决，但既然命运来了，那就接受挑战吧！也是该面对"翻滚"心魔的时刻了。

二〇一六年九月六日，《翻滚吧！男人》拍摄正式杀青。因为兄弟之间的约定，我们进行了"翻滚三部曲"的拍摄计划。我问哥哥阿信教练，此刻心中的大石头是否已经放下？没想到他竟然回答："石头才刚刚拿起来呢！接下来我们不是要去参加奥运，而是要去夺牌，这才是成为男人的意义。"这让我想起《翻滚吧！男孩》的宣传语，"不翻怎知身体好，不滚怎知梦想美"，在人生的道路上行走本多艰难，无论如何，心中那股热情怎么样都不要丢弃。

当天晚上，我试着把这段期间拍摄《翻滚吧！男人》的心情与故事大纲描写下来，也帮自己做个总整理。接下来，就要开始进入庞大的后期剪接工作了，期待能在二〇一七年秋天，跟大家好好聊聊这个纠缠了我十五年的故事：

每个人都在"翻滚"中长大成人，然后完成自己的故事。

十多年前，那位受挫返乡的体操教练，与七位小男孩在嬉闹儿语中许下的奥运梦，万万没有想到有一天终于成真。当年那位乡下教练林育信，现在已经成为中国台北队教练，不过原先一起训练的七位小男孩，目前只剩下两位选手黄克强与李智凯，跟随在林教练身边，继续挑战他们的奥运梦。

这十多年的体操之路，就如同未知的人生命运，行之不易，更何况要坚持到底。当年《翻滚吧！男孩》纪录片中的第一名臭屁强（黄克强），与第二名菜市场凯（李智凯），因为性格与家庭因素，导致他们成长后人生位置的对调。

李智凯是苦练型选手，独自一人离家，一路从宜兰跟随林教练至林口体育大学，南下左营训练中心，经过多年的努力，终于拿下二〇一六年巴西里约奥运会的入场券。反观天才型选手黄克强，则因为性格自傲与散漫以及家庭因素，最终选择留在宜兰，反而错失了最重要的体操发展阶段。本来以为在体操的道路上，克强应该出局了，却因为多场体操比赛与智凯相遇交手，并且看到智凯在体操技能上有明显的成长，决定再次奋斗，最终挤进了中国台北队代表选手加入林育信教练的队伍。

林教练说："体操这条路真的不好走，苦练十多年就为了追求那十秒钟的完美落地，不撑到最后，谁也不知道输赢。二〇一六年虽然是李智凯先登上奥运的舞台，但二〇二〇年的东京奥运会，搞不好会换成黄克强登场。"

接下来的日子，黄克强成为李智凯的奥运陪练员，两人之间亦敌亦友的关系，似乎又穿越回到"翻滚男孩"的幼年时光。那一刻，仿佛遇见年少的自己，万千感慨浮现心中，彼此只能用羞涩的笑容以对。

从男孩到男人，十多年稚（志）气的奥运梦，迎接着每一次的翻滚——摔倒——疼痛，然后试着努力愈来愈靠近它。当年负伤受挫错过奥运舞台的林教练，能否带着青春梦重返奥运之路呢？"翻滚三部曲"，让我们拭目以待。

一部电影改变了一些人的
生命轨迹

▽

唯有断了退路，
才有可能走出自己的路。

人生的最大课题就是"选择"，然后学会接受"结果"。

一切就是这么简单。

未来，似乎就没有什么好惧怕的了。

《翻滚吧！阿信》这部电影上映后，发生了一些我们意想不到的后续效应，或许就像阿信教练说的："我们兄弟俩的故事没什么了不起，只是想透过我们的故事，分享每个人都有翻身的机会，只要够坚持并且不要轻易放弃。"

那，你准备好跟我们一起翻身了吗？

一位中辍生想再给自己一次机会的故事

电影上映第二周，我收到一则来自西门町社工的留言，他说有一位中辍生跑来找他，希望能够协助他再度回到学校念书，因为他想给自己一次翻身的机会。

这位中辍生在初二那年犯了一个错后，被学校退学，家人从那天起也对他失望而不再理他。于是他开始在街头跟大哥鬼混，接下来就是过着不断重复进出警局的日子，他不再相信自己。

直到他无意间跟女友去看了这部电影后，他内心无比激动，似乎所有他心中说不出口的话，都有人懂他、有人帮他说出口了。

他在社工面前痛哭流涕，他希望可以再相信自己一点，他希望给自己一次翻身的机会。

有时候想想，如果完成一部电影之后，无意间影响了某个人，让他的生命有了转变，那就是拍电影最大的意义了。

一封来自电玩工程师勇于转行追梦的信

导演您好：

一直想要写信给您，虽然您从没见过我，但我还是想让您知道您曾经的一席演讲，促成了我追求梦想的动力。我的原名叫齐藤，剧场跟音乐圈大多叫我"伯爵"或"Nicolas"。

我很小的时候就从日本来到中国的台湾，在这里念书长大，也放弃日本国籍，大学念台艺大戏剧系表演组，本身除了表演以外，专长是作曲。

因为台湾的市场很小，我几度没有勇气，自己是独子，加上我从大学之后五官稍微不是那么帅气了，不确定自己和幕前的工作是否还有缘分，还有我的家庭也存在着非常多的麻烦。于是我找了一般性的工作当个上班族，从剧场技术转到出版、公关又再转到营销，而剧场的配乐只把它当兴趣，偶尔接一接。给自己一个说服的理由是："如果要把兴趣当成工作，或许为了温饱不见得那么开心。"

而另外在台湾玩乐团也是一样，乐团的成员本来就是来来去去，我大学时的团员们也都在我当兵时期各奔东西，有的混得还不错，在有名的乐团或跟艺人合作。而我直到二〇〇八年年底才重新组了一个乐团叫"Moi"，但是才刚组没多久，就因为吉他手的化疗而停摆等待，到了二〇一〇年他却离开，我们于是花了一些时间重整后出发。

在去年中的时候，我觉得在电玩公司也待了三年半，年纪三十二岁了，该为梦想奋力一搏。那时心里面还在想，我应该去找一份朝九晚五很无聊但稳定的工作，剩下的时间去发展我个人兴趣的这一块，但其实心里明白，我是没法做无聊的工作，就如同导演说那段在玉兔工厂打工的日子。

"做完最后这一档项目就离开吧！"我心里这样想着，然后就在那时，橘子总动员邀请您来公司演讲，您说的"挫折，谢谢你这么早就来"，对我来说很震撼，在台下听到您分享的经历，几度热血沸腾很想马上递辞呈。

而在演讲结束后，我接到"两厅院"的电话，问是否可以将我推荐给蔡明亮导演，但是是做音效而非音乐。虽然音效不是我的专长，我仍认为冥冥中有一股力量，在这个时间点提醒了我最应该珍惜的东西是什么，于是我接了蔡明亮的三出独角戏。做完了那一档后，我决定要离开公司，并做全职音乐工作，今年一月底我顺利离开了电玩公司，二月开始接了广告配乐的案子，三月我应香港话剧团邀请，到香港十二天做《潜水中》的配乐。

也许未来不稳定，任何事情都有可能发生，但唯有断了退路，才有可能走出自己的路。而我能够在这样的年纪、这样的环境之下，为自己的梦想奋斗，我觉得我是幸福的。

感谢导演，还有一些我遇到的演艺圈的经纪人好友的鼓励。虽然未曾和导演见过面，但我想让您知道，在另一个地方，您也影响了一个热血的男儿。

非常谢谢！

Nicolas

一封来自想要重新追求梦想女孩的信

Dear喵导：

您好！我是昨天到世新大学参加行动创意讲座的苒，想和您说声谢谢！

谢谢您的这些故事及经历，谢谢您的分享，有许多片段及时刻都触动着我，感动得泪流满面。尤其当我听见《翻滚吧！男孩》中的牛奶糖男孩和您说，他学会一个后空翻，比在教室考一百分还开心时，我真的明白……，如果人能勇敢并明白自己想追寻的，是多么幸福的一件事！

为什么这么有感触，是因为……昨天是我离职的第一天！

因为家里环境，大学毕业后，就直接进入他人介绍的公司上班。当年不知道自己擅长什么，也不知道怀抱着热情工作有多重要。五年后的今天，在经过长时间地了解自己，长时间地矛盾、挣扎、痛苦与沟通，即使家里不谅解，栽培我多年的公司不看好，我还是想试试，从波澜不惊的生活离开的自己，有多少生存的力量？我能不能倾听见自己内心的声音？能不能勇敢一点去do something？

您的影像和努力的过程，给了我很多力量，让我更勇敢能往编剧及广告文案的方向同时前进，我一定会加油的！

谢谢喵导！

茜　敬上

"哪怕只有一次机会，
我都要用尽全力翻身。"

第三幕

< Act Three >

< Act Three >

出发，关于北京的
第一个冬天

▽

当时不知道哪来的力气，
我说走就走……成为"北漂"一族。

二〇一二年十月十五日,我在桃园国际机场候机,准备出发去北京,那天因为班机延误而多出来的一小时,大概跟我当时的心理状态很像吧——终究你还是好奇地想飞,但却想要再多待一会儿。

二〇一一年年底,《翻滚吧!阿信》所有宣传工作结束后,我认为接下来的电影之路应该会走得顺畅些,于是乎我摩拳擦掌地准备接受挑战,但陆续筹备的两部电影却都停拍了,理由不是资金,就是演员不到位,我们以为台湾电影市场正要逐渐好转,其实困境才刚要开始。

从我二〇〇〇年入行,历经台湾电影每年不到八部产量的低谷期;二〇〇四年后出现《生命》《无米乐》等纪录片的酝酿期,创作者开始回家说自己的故事;二〇〇八年后《海角七号》《艋舺》等剧情片,开始又把观众拉回戏院一起欢笑流泪,直到二〇一一年,台湾电影似乎有些变化了。当时我们都只是单纯想拍自己想说的故事，没有去计算拍什么会卖座、选什么题材观众会买单，但后来似乎有点走调了。有些投资方发现某些题材会卖座，就开始大量复制类似故事，粗制滥造、急就章的结果导致了观众反胃，台湾电影似乎又进入乱流。而另一方面，当时大陆电影市场开始起飞，大量吸引台湾的演员与主创团队前往寻找更多的可能性，于是又加剧了台湾电影拍摄的困难度。

二〇一一年中，香港导演关锦鹏担任台北电影节评审团主席，他终于看到当年本来要监制却错过的电影《翻滚吧！阿信》，除了对我的鼓励外，同时也询问我未来的计划，是否考虑到北京拍摄电影？他手上有一些大陆监制计划的案子。老实说，除了二〇〇八年去北京参加两岸电影节交流时，吃过烤鸭、爬过长城外，我对于去北京这件事没有任何概念。后来《翻滚吧！阿信》于二〇一一年底，有机会在大陆上映时，监制李烈带着我们跑了北京、上海各大戏院宣传，终于有机会带着自己的电影作品，正式跟大陆的媒体与观众面对面沟通，发现除了部分闽南语无法实时领会语言的乐趣外，故事情感的传递原来毫无障碍，大家的认同度颇高，对于当时的我是个很大的鼓舞。

二〇一二年秋天，陆续筹备两部电影——想当"宅女侦探"没当成，以为"母老虎"可以发威，但又停拍了。刚好关导演手上有一个青春小说要开发成电影，问我愿不愿意去北京走一趟体验一下？当时不知道哪来的力气，我说走就走，只是万万没想到，那年北京的秋天这么冷。

抵达北京后，我低估北京秋天的天气，衣服穿少了，幸好还围着一条出发前在敦南诚品路边摊买的厚围巾，老板说北京天冷，买厚点的围巾，台北天热不好卖，算我便宜些。入夜后，天气愈来愈冷，我只好把围巾变成披肩，当我妩媚地把围巾摊开，往后一甩包住我的肩膀时，据关导后来的说法，那一刻他眼睛亮了，关导的妹妹小慧姊则是笑了，因为他们以为我是"同志"！所以接下来几天的北京行，除了与投资方谈谈案子外，同时也去了不少北京"同志圈"酒吧等场所，直到误会解开后，我们相拥而笑，那一刻世界变得温暖许多。

那一周的北京行，透过关导的介绍，认识了不少大陆八○后年轻的导演、编剧、演员等电影圈朋友们，闲聊下发现每个人背后都有故事。每个人都是离乡背井、搭了几天的夜车漂到北京来寻梦，成为"北漂"（漂泊在北京的外地人）一族，白天残酷的现实压得他们喘不过气，只有透过夜晚共同买醉，取暖透透气。

我忽然间有种错觉，似乎穿越时空来到了"江湖"，这里是山中的"龙门客栈"，那种孤寂又生猛的漂泊感，蛮吸引人的，让我想起初中毕业时的我，急需一个去流浪的名字。

关导在北京的工作室有一位男助理叫小吴，话不多，每天中午我到工作室报到时，他都会帮我准备午餐，西红柿炒鸡蛋、回锅肉、青椒炒牛肉，外加满满一盒白米饭，我实在吃不完又怕浪费，所以请他隔天少叫一点，但依然天天满满的饭菜，直到第三天我忍不住请他跟我一起吃吧，小吴才说起他"北漂"的故事，并且跟我有关。

小吴来自四川绵阳乡下，出身单亲家庭，念书时看"快乐男声"选秀节目喜欢上音乐，于是开始自学吉他，在网络上发表自己写的歌，毕业后就回家待着不知道该去哪。妈妈帮他存点钱，想跟他一起开间杂货店做小生意。

有天他接到网络留言，北京有个影视公司喜欢他的音乐，希望他到北京参加歌唱选秀节目，不过交通住宿费需自理，并且还要汇款一笔昂贵的报名费，最后，妈妈把要开店的钱给了儿子去追梦，到最后却是一场白日梦，一场骗局。小吴到了北京，循着对方给的地址，却发现居然是一家位于北京三里屯闹区的炸鸡排店，店名就叫"翻滚吧！鸡排"。小吴说，那天他狠狠地啃了三块鸡排、吃得连骨头都不剩才肯走。

回到四川绵阳老家后，小吴当着妈妈的面把吉他砸了，跟妈妈磕了三个响头后，躲在巷口的网咖七天六夜不回家，熬夜看了无数部电影，直到他看到了《翻滚吧！阿信》，他停下来了，并且连续重看了五次。最后，他回家跟妈妈又磕了三个响头："我得再闯一次北京，没搞点什么绝不回来。"

小吴说，他万万没想到有一天竟然会跟我一起吃盒饭，我说我也没想到我的电影可能会误了你一生。

或许是这个缘故，我当下决定，那我也来"北漂"吧!

　　后来，小吴还是离开关导工作室了。三年过去，我在微信群里，发现他正在为某部电视电影做配乐，我为他感到开心得哭了。不管如何，我都要谢谢当时他愿意跟我分享他的故事。

台北北京1732，不远啊，不就隔个海呗！

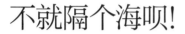

▽

出发到另一个地方，
请记得我曾经那样为你心动……

有个北京朋友跟我说："台北和北京飞行距离一七三二公里，不远啊，不就隔个海呗！"

回到台北后，我先跟我的合伙人丰哥讨论"北漂"的事，毕竟我俩的公司还要处理当年《六号出口》遗留的债务，我们协议，他继续勇敢地面对每个月银行打来的催款问候电话，我则半逃避式地出外打拼拍片赚钱还债。

接着拜别监制烈姊，她说："阿喵，别怕，该是去闯一闯的时候了！成功了算是替大家开一条路，我们做你后盾。失败了大不了回家来，我们给你靠！"有了烈姊这句话，我只有向前走了。

最后，我跟关导确认电影是否要正式启动了，他十分肯定地请我赶紧打包行李出发。为了让自己没有退路，我把台北住了多年的房子退租了，把收藏多年的书与CD送人了，一切简化到只有"一个二十八寸的行李箱，加上一台苹果笔记本电脑"，哪里需要我，随时都可以出发。

我记得二十多岁那年，我从宜兰乡下搭着午夜慢车来到台北西门町，那个充满老哥吹牛记忆与生猛诡异的老中青混居地，激发了我的首部短片创作《鸦之王道》。现在四十岁了，又要再度启程出发到另一个城市，我内心似乎又燃起了年少离乡的傻劲，我想起初中毕业时，在朋友的毕业纪念册上写下的留言：伴我闯天涯，一起去流浪吧！阿喵留。似乎隐隐约约牵引着我的人生前行。

来到北京后，小慧姊火速地把我安顿在关导工作室对面的住处，免除我长期住在饭店的不安感，接着每天中午在工作室吃完盒饭后，开始与编剧进行小说改编成剧本的工作，一切的进行都超乎我想象得顺利。有一天，这位北京的编剧朋友跟我说："喵导，你知道在大陆当编剧，经常有人从十楼写到一楼吗？"我当时不太理解她说的话，只有微笑响应，后来我终于懂了。

某日，我们着手改编成剧本的原著小说作者出现了，她说她也想参与剧本的讨论过程，我当时觉得蛮好的啊，我可以透过这个机会，更加了解作者当初对于剧中七位年轻人的构思想法。那晚大伙儿奋战到深夜，经历了剧中七位年轻人的青春生命，编剧总结了今晚的主题：不懂爱的时候，爱了；不懂恨的时候，恨了。当时我正在厨房剖开助理小吴帮我们买的大兴小西瓜，那滋味又红又甜到令人窒息，仿佛是呼应了我们笔下主角们的心情。

这个电影计划最困难的地方在于女主角的人选，当小说作者参与愈深，她就愈想把她的想象成真，并且意念坚定。但对于小说文字变成影像的过程，电影创作者自然也有诠释的方式，所以关导与我同步也在寻找合适的女演员，不过这也是冲突的开端。

接下来的日子，我不断地在天平两端徘徊拉扯，小说作者不定期地寄给我大陆各地大学"校花"的照片，她觉得女主角一定要是素人，并且身高绝对不可以超过一六〇厘米。监制关导这边则透过演员副导演，开始安排与年轻女演员见面，但因为圈子太小，所以消息很快就传出去了，导致小说作者误会我们在台面下搞小动作，不尊重她的意见。

关导知道这件事后，当晚约了资方和我一起吃饭商讨对策，资方表示由于版权还在小说作者手上，他们是以共同开发的合作模式，所以这局有难度。关导沉默了片刻什么也没说，喝了一口红酒后，说起某次他和侯孝贤导演聊起日本导演小津安二郎时，侯导说了八个字："既远则近，既近则远。"关导说，这是送给所有电影人共勉之，接着他转头对我说："林育贤，不就拍个电影吗？这部别拍了，明天就打包行李回台湾，敢吗？"我："……。"我什么都没说。

当时我想到的只是半年前，我他妈的把台北房子退租了，我他妈的把我收藏多年心爱的书与CD送人了，我他妈的信誓旦旦地跟友人吹嘘说我要去"江湖"闯荡了，我他妈的还在钱柜KTV欢送会上，流泪点唱了黄韵玲那首叫《出发》的歌：出发到另一个地方，请记得我曾经那样为你心动，请记得我的梦想我的努力我的真心……

< Act Three >

救命的面包机

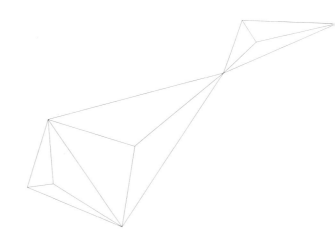

摘着房间里的小盆栽榕树叶，
对着自己说"留下来"或者"回家去"……

以前看过一个巧克力广告，觉得特别傻，女主角拿着一朵玫瑰花，每摘下一片花瓣就对自己说"爱"或"不爱"，然后等待最后一片花瓣的答案到来。我没钱买玫瑰花，只能摘着房间里的小盆栽榕树叶，对着自己说"留下来"或者"回家去"，但叶子实在太多了，说着说着，就说乱了……

多亏北京美食外送服务十分发达，我在北京的住处闭关一周没有饿死，期间我谢绝资方与关导的邀约，希望他们让我好好冷静，独自思考一下未来。但这显然不是好方法，我愈闭关愈出现幻觉，加上外送的食物不该隔夜继续吃，这段时间我肠胃作怪，拉了三回合，直到台湾好友王阿飞带着"烤面包机"来按我家电铃，总算解救了我。

王阿飞来自台南医生家族，大学、研究所一切遵照父亲大人的安排念了医学院，直到二〇〇六年某日来听《六号出口》电影映后会的Q&A时，脑子被撞击了，说要拜我为师拍纪录片，我又让人误入歧途了吗？真是罪过啊。随后她先是闹了家庭革命，然后跟我拜别，跑去北京拍一位黑人学中国功夫的纪录片，哈哈哈，我心想："书念太多，脑子烧坏了。"但我却说："去吧！勇敢地探索你的答案吧！"后来她的生命开花了，在北京过得十分快活，并认识了来自法国的剪接师，两人相守相爱，还生了可爱的女儿，现在是中国知名导演贾樟柯的得力助手。

为何叫她王阿飞？当年我们相遇时，我正着迷于古龙小说《小李飞刀》，我们经常拿李寻欢与阿飞亦师亦友的关系，来看待我们之间的友情。接下来的几年，我们不断地在不同国家城市相遇，不是她刺激我，就是换我调侃她，我们永远相望而行，但却相知彼此的"戳点"，然后适时地出现在对方的身边。

当时我的状态的确有点走投无路，没脸回台湾，加上来北京半年了，我不想一事无成就回去，但是待下来又会如何呢？简直天天上演鬼打墙的情节。后来因为三件事让我有勇气走出门，用双脚去认识这个"江湖"。

首先，是这台王阿飞借我的"救命面包机"。为何说"救命"呢？其实从事电影这个工作，有时候会令人感到十分虚无，尤其是导演工作，因为你不像编剧可以写剧本，摄影可以拍画面，美术可以做道具，导演的工作就是把所有的想象统合，电影没开拍前一切都是自我想象，宛如空气般吸得到却抓不到，如此状态经常让自己像是"你的妈妈看你如废人，路人看你如傻子"。

但做面包的过程，却让自己十分有存在感。

先是拿出小秤，调配面粉的重量三百克放入机器内，接着量杯测牛奶的比例一百七十克，切块三十克的奶油，打入一颗鸡蛋，放入酵母三克、糖五十克、盐五克，最后再加些葡萄干，按下面包机开关，选择"法式牛奶吐司"模式，耐心等候四小时。期间，面包的香气飘出来了，你能呼吸到，你确定你还活着，然后四小时一到，"叮"的一声，你戴上防烫手套，小心翼翼地取出热腾腾的烤盘，然后将法式牛奶吐司倒出来，那一刻，真是让人激动得想流泪！因为你终于靠自己的双手，制作出一个真实存在的东西，你算是个有用之人啊！面包的制作过程真的十分疗愈，哪天真的跟自己过不去的时候，建议你也试试看。

第二件让我活过来的事情，是看了三谷幸喜导演的电影《鬼压床了没》，其中有段情节，原先十分低潮的女主角，突然在公园唱跳起来说："我是绝对不会输的！巴纳德，你等着看吧！哈哈哈。"明明是个超好笑的桥段，但却看得我一把鼻涕、一把眼泪。

第三件事，是看了村上春树的小说《没有色彩的多崎作和他的巡礼之年》，书中写道："我们那时候强烈地相信什么，拥有可以强烈相信什么的自己。那种心情并不会就那样空虚地消失掉。并不是一切都会消失在时间之流里。"

没错，不就是停拍一部电影嘛，我肯定不会消失的，我给自己打气，决定结束闭关，踏出家门上街去。

我开始钻进北京的胡同里，大妈们在巷口随意摆桌搓麻将的欢笑声，大老爷们在护城河边伴着魔幻时刻吹着萨克斯风，原来鲍师傅糕点论斤估两卖的肉松面包是如此美味，原来……原来……，还有许多人跟我一样，在这个江湖漂着呢。

那晚电视播出一则令人难过的新闻，一对蜗居于北京朝阳区丽都广场周边井盖底下的中年夫妻，遭群众举发，他们从河北漂来北京，白天出井靠着在路边洗车挣钱，晚上为省房租，就爬回井底居住，由于北京靠热水管供暖，所以井底特别温暖。据报道有许多像他们这样的"井底人"，他们"北漂"挣钱寄回老家供孩子念书，所以能省则省。遭人举报的隔天，因为安全理由，井口全被封死了，这些井底人遂全被逼出来。一夜之间，这些井底人全消失了，去哪呢？每一位井底人，都有一个城市梦吧！我想江湖之大必有容身之处，只有祝福他们，也祝福同在江湖的自己。

< Act Three >

七天，
十斤白酒，
一张合约

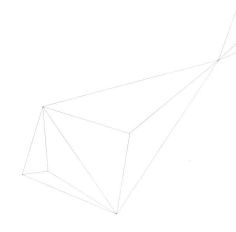

我一点都不想被埋在北京，
我想要有存在感。

又一次，我想起了人生的最大课题，似乎就是"选择"，然后学会接受"结果"。

一切就是这么简单。

未来，我告诉自己，似乎就没有什么好惧怕的了。

北京出关后，我还是得面对"留下来"或者"回家去"的选择问题。同时，留守台北的丰哥来信，银行又来问候了，之前跟他们洽谈每三个月还一笔款的时间到了，但我原本规划的电影又没有如期开拍，导致还款来源受阻、拉警报中，该怎么办呢？

这个时候，我的电影之路的第三位贵人出现了。

在这条路上，第一位贵人是小燕姊（张小燕），当年《六号出口》因为有她最后的金援支助，我跟丰哥没有跑路地把片子拍完。第二位贵人是烈姊（李烈），当我跟丰哥走投无路，咬牙放弃前把《翻滚吧！阿信》剧本递给她，没想到烈姊爽快答应当我们的监制，并且把制作预算提高，做一部好电影，让我们才有翻身的机会。

第三位贵人则是蒋总（蒋浩），他来自南京，比我大两岁，大学念的是美术系，早年靠广告业务白手起家，接着在江苏省制作多部成功的电视剧站稳脚跟，内心最大的心愿还是想制作有质量的电影，于是和关导一起"北漂"，积极开创电影制作的可能性。我俩相识于台北老餐馆鸡家庄，那次关导带他来台湾参加金马奖，同时安排他跟台湾年轻导演交流。他的想法很特别，当大陆电影正在起飞时，他却想跟台湾年轻导演合作。那次我们交流不多，我只记得后来他告诉我，他对那家店一直有意见，不知道是口味不合，还是对我有意见，哈。

后来，蒋总回北京后，陆续积极邀请几位台湾年轻导演，一起到北京公司交流，同时也借这个机会深度认识彼此，于是我跟他就展开了"七天，十斤白酒，一张合约"之旅。

可能是大陆北方文化习惯，饭桌上见面第一件事就是白酒伺候，不喝不给脸，喝干交朋友。我落地北京，正展开"北漂"的第二天，就被关导带去蒋总的饭局开喝。基本上，我在台湾不太喝酒，更别说高粱浓度的白酒，酒量不好但我有酒胆，大概就是不认输吧！

第一天的饭局，我傻傻地干杯。那天饭桌上还来了另一位台湾导演，我看他喝了第一杯白酒后，就直接趴在桌上直到饭局结束他都没醒来，最后还是我扶他上车一起回酒店。跟大家挥手道别后，他突然醒了，原来他只是装醉，然后用老生常谈的语气对我说："来北京啊，要么第一口就装醉到底，不然只要喝了第一次，就永远没有回头路。"完了，我当下也醒了。

接下来的第二天、第三天……到第六天，每到晚上的饭局果然如鬼打墙似的不断地重复着情节，先是一杯一杯来，到后来喝多了，开始一壶一壶来。我只能告诉自己千万不能倒下。唯一不太一样的情节，是被送回酒店的我，回到房间睡觉的位置每天都不太一样。第一天醒来时，我发现自己躺在床上，但包、鞋子沿路丢；第二天醒来时，我躺在床边，快要掉下床；第三天醒来时，我躺在浴缸里；第四天醒来，我趴在马桶边；第五天醒来，我躺在沙发上；第六天醒来，我直接躺在地板上——我实在想不起来到底怎么回到房间的，就是俗称的"断片儿"。

直到第七天晚上的饭局，蒋总终于喊停了，他说林导真能喝，一般来说我们喝个一两天先交交朋友，喝个三四天看看人品，没想到你连喝七天十斤白酒还没倒，要么就是你人品太好，不然就是个厉害角色，今天咱们就不这样喝了，随意就好。

那天，算是我来北京这么多天第一次放松下来，听说当晚我直接醉倒在饭桌上，是司机抬回酒店房间里。不过在我醉倒前，我看到几个画面，饭桌上的客人有人喝下白酒后，直接拿卫生纸擦嘴，顺便转移口中的白酒；有人喝下白酒尚未咽下就直接再喝一口茶，将白酒吐回茶杯里；甚至有人端起白酒准备喝下口那一瞬间，将白酒迅速往身后一倒，然后再态若自如地对我微笑……，我只能说这里果然是江湖，高手云集。

后来，我签到了来北京的第一部电影合约，不过最后却因为与小说作者对于女主角人选谈不拢，案子停摆了。当我在面临"留下来"或者"回家去"的选择问题时，同时又得面对台北银行的催款问题，我单独约了老蒋出来聊聊。我跟他说了我目前遇到的问题，以及我想知道对于电影停拍后他的想法，他说他还是想拍电影，不希望这次电影停拍就停止合作，他希望我留下来，再一起合作一部电影，甚至更多部电影。他直接提出五年三部片约的合作计划，他愿意协助我渡过难关，但同时我也得签下某种意义上的卖身契。

那晚，在老蒋送我回酒店的车上，广播电台正播着汪峰的歌《北京北京》：北京北京，如果有一天我不得不离去，我希望人们把我埋在这里，在这我能感觉到我的存在。我一点都不想被埋在北京，但我想要有存在感。我知道此刻的我，必须做出"选择"，然后学会"接受"，以及"面对"未知的未来。

然而，我还是继续得喝下去。那段日子我发现我的电话费异常昂贵，因为我经常在半夜喝多的时候固定打出两通电话，一通是打电话给我从小到大的好伙伴杰克，那时他在深圳打拼，每次我打过去的时候，不是他喝多了就是我喝多了，然后我们互相安慰说："撑下去，绝对不能被打倒。"另一通是打给我妈，我自己也蛮意外的，后来回家过年时，我妈每次都蛮自豪地说："我儿子喝醉了都会打给我说，老妈，这个月会给你发薪水，别担心，但，我实在不想再喝了……"直到大陆官方开始严打企业奢华风气，所谓的饭局才慢慢减少了，但我发现餐厅也倒了不少。

后来，我们试着合作开发第二部电影《藏地白皮书》，最终的理由说法是台湾同胞不适应西藏气候，再度终止计划。我们合作的第一部正式开拍电影，是《谎言西西里》，由韩国欧巴李准基与中国女孩周冬雨主演的跨国恋，不料上映前夕，因"萨德"事件导致电影上映三天后匆匆下片，最终票房惨败。

< Act Three >

翻滚男孩转大人，
男人，真正有影!

成为一位真正的"翻滚男人"本来就不容易，
如何面对失败，才有成功的一天……

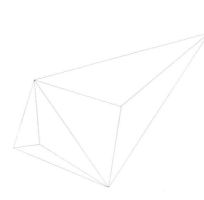

最近的朋友圈经常听到的话是："很久没有一件事可以让大家凝聚共识了！"刚听到这样的说法时会心一笑，相信这是生活在台湾你我的共同感受吧！但这次我们不谈政治，来聊聊有小奥运会之称的"台北世界大学运动会"（简称"世大运"）。

当台湾体操选手李智凯拿下竞技体操男子个人项目鞍马金牌后，他的招牌动作"汤玛士回旋"，不知道是否让"台式炒米粉"的生意变得特别好呢？因为这一切都来自于爱爆冷梗的林育信教练，在记者会现场俏皮又贴切的台客式形容。

林育信教练是我的亲哥哥（虽然大家都觉得我比较像他哥），二〇〇二年我们兄弟俩都因为人生道路上有些挫折，分别回到了宜兰老家，他因负伤而从体操国手退役，回到母校公正小学担任体操教练；我则因为台湾电影不景气而暂时失业，回老家等待机会。

有天午后，我带着泡沫红茶去体操馆探班，发现我哥正在训练七个小毛头，身材看起来都有些瘦不拉叽，外加爱哭鬼与流鼻涕，怎么看都不像是练体操的选手。

我哥说："我人生最大的遗憾是没去过奥运会，希望好好训练这批孩子，明年让他们参加全台湾比赛，未来有机会带他们登上奥运舞台。"

如果是你，听到这段话会有什么反应？当时我内心的感受是："怎么可能？听你在说笑吧！"但隔天，我立马去台北借了一台DVCAM摄影机，并且"忽悠"、糊弄了我学弟妹跟我一起回宜兰拍片，没薪水但包吃包住还包满满的梦想。就这样开始了我的"翻滚"之路，也算是看着当年才八岁、绰号"菜市场凯"的李智凯一路长大。

李智凯家里在传统市场卖菜，他的成长背景跟卖水果的我家很像，这是为何阿信教练跟李智凯的关系"如师如父"。他太了解在菜市场长大的孩子，总是有些不自信的心理状态，他也知道李智凯是属于"苦练型"选手，天分也许没有别人好，别人练一次就会，阿信教练要他含泪练十次，因为只有这样，才有机会透过"体操"改变自己的命运。

我记得当年拍这群孩子时，李智凯总是排行老二，因为有位"天才型"选手、绰号"臭屁强"的黄克强，总是拿第一。每次颁奖时，李智凯总是说："没关系，有奖就好！"但我看得出来，他的眼神中有些遗憾。

后来《翻滚吧！男孩》纪录片在台湾有了很大的回响，林口体育大学启蒙教授对阿信教练递出橄榄枝，邀请他回母校当教练，一开始他有些犹豫，因为好不容易把七位男孩拉拔到初中，有些放不下，但心想多年后这些男孩们如果够努力，他在大学的教练训练，会更有机会带他去参加奥运。

一年后，阿信教练在全台湾运动会比赛中，却发现男孩们的动作大幅落后，连续六年的冠军队伍拱手让人。于是他开始积极跟男孩们的家长沟通，是否有机会提早让孩子到林口体大，并就近照顾、训练，同时我也透过朋友的协助，替这些孩子找到生活补助，但有些家长可能觉得孩子继续练体操没前途，或是没有意识到自己孩子的潜力而不愿放手。最后，只有十四岁的李智凯在父母的全力支持下，一人孤单前往。

阿信教练在林口体大旁，帮李智凯租了一间小套房，每天早上六点训练完体能早课后，开车送他去山下的高中上课，中午过后再接他回林口体大练体操，除了周日与过年短暂假期外，全年无休，持续了三年这样的日子。

当同龄的朋友正享受青春的欢愉与奔放时，李智凯只能孤单一人，守着疼痛与寂寞待在小房间里。我问他，那段期间从没想过放弃吗？他笑着说："怎么可能没想过？但只能回到房间抱着棉被偷哭，还不能哭太大声，怕吓到隔壁室友。"

由于转学籍的关系，李智凯苦练两年后，才能够代表桃园县选手参加比赛，直到高二那年（二〇一二）的全台湾运动会才正式复出。李智凯与黄克强多年后再度相遇，但比赛结果大逆转，李智凯拿下全台湾竞技体操个人全能冠军。他知道，当年孤单一人离家赴训咬牙坚持是对的，天才不能永远当饭吃，唯有不断苦练才能走得更远。当年天分输给黄克强，却靠一千多个孤单苦练的日子，赢了回来。

另一方面，阿信教练当时看到黄克强的状况，内心十分难受，因为他曾是队上最强的好手啊！几年后却只能靠先前的训练基底吃老本。

老天爷是最好的编剧，现实人生永远比电影来的戏剧性。二〇一三年的体操队选拔，李智凯以全台湾第一名入选，黄克强则以吊车尾方式挤进队，阿信教练也正式成为中国台北队教练，师徒三人再度相遇于左营训练运动中心。

此时，阿信教练打电话给正在北京拍片的我："喵导，《翻滚吧！男人》纪录片可以开始启动啰。"

我常常在想，到底是我们不认输、企图逆转自己的人生？还是"翻滚"电影改变了我们？

阿信教练在葡萄牙体操大奖赛场上，面对李智凯首次国际赛鞍马彻底失败，几乎崩溃，跟李智凯说了重话："都带你来国际殿堂，你还克服不了自己的心理恐惧，我也不知道该怎么办！"

李智凯好不容易用汗水与泪水，争取到二〇一六年的里约奥运门票，比赛前一个月却意外脚踝骨头撕裂伤，明知不可为，还是坚持拄着拐杖也要上场，最终以落马收场。黄克强发挥天才型选手的能耐咬牙直追，终于拿下二〇一七年世大运体操代表选拔赛第一名，但赛前三个月，却意外感染EB病毒（人类疱疹毒第四型，Epstein-Barr virus，缩写EBV），导致肌肉消失六公斤，被迫取消资格。至于拍完《翻滚吧！阿信》的我，后来电影之路也走得坎坷。

这两三年来，我们各自在人生道路上，不断地失败与受挫，但我们不想轻言放弃，因为我们都知道要成为一位真正的"翻滚男人"本来就不容易，唯有学习如何面对失败，才能有成功的一天。

还记得拍摄《翻滚吧！男人》最后一天的场景，回到他们的母校公正小学，我问两人，多年后又相遇的感觉如何？李智凯回答："很像回到小时候，大家又可以在同一个战场上一起努力！"黄克强大笑："还不错啊，接下来谁要干掉谁还不知道呢！"林育信教练则说："一切都很难说，搞不好下一次登场的是黄克强！如果二〇二〇年东京奥运，能够带更多男孩一起去翻滚，那就完美落地了。"

"进奥运"，十五年前在宜兰公正小学体育馆内，这听起来像是傻子的梦话，随着小不点男孩们长大成人，如今却逼近真实。

最后，时间来到世大运鞍马决赛现场。曾目睹李智凯在二○一六年里约奥运会落马的我，心情格外紧张。当他深呼吸一口气，利落上马倒立，华丽地做出"汤玛士回旋"动作时，我的脑海快速倒带，回到十五年前，拍摄《翻滚吧！男孩》时，与他们一起经历的欢笑与泪水。当李智凯做完全套动作离落地还有五厘米的距离时，我哥早已跳起来欢呼。

苦练十五年，就为了这四十五秒钟的发亮，这一刻他知道李智凯成功了！①

---

① 编者注：2018 年 8 月 23 日，李智凯获 2018 年雅加达亚运会男子鞍马冠军。

"世大运"男子体操竞赛个人鞍马项目决赛颁奖合照，李智凯（中）打败乌克兰选手Oleg Vernyayev（左）和日本选手长谷川智将（右），拿到中国台湾史上第一面鞍马金牌

"男人! 翻滚吧"

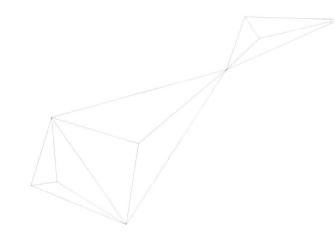

▽

人生像体操一样,有低谷与高点……
只要你还在场上,一切还没有翻完啊!

很谢谢你愿意读到这里，但是目前故事只能跟你分享到这里，因为接下来的人生会如何，我也不知道。

十八岁那年生日前夕，我在宜兰罗东高中二楼绑了麻绳，模仿电影《侠盗罗宾汉》的情节，垂荡而下，追求心仪的女孩，那时开始将近二十年，错把生活当电影来过。四十岁过后的我，才真正发现走上电影这条路的原因，是"某些时刻，电影其实比生活来得更真实些"。

最近，"翻滚三部曲"最终版之《翻滚吧！男人》纪录片即

阿信教练与"翻滚男孩们"于二〇〇二年在宜兰罗东公正小学前的合照。
左起为李智凯、杨育铭、林信志、黄克强、黄靖

将定剪，王阿飞有天假借来帮身为剪接指导的法国老公马修整理剪接室，顺便偷偷来看片，看完后没有多说什么就默默离去，是怎么样？太难看了吗？原来是赶着去保姆家接小孩。

多日后某天夜里，我突然接到她传来的微信："片子很好看，但是看完这么多天，我觉得这部片反映着你目前的状态，让我有点心疼难过。好像看到你就是片中的李智凯，好不容易拼到奥运但却落马；也像黄克强只能把现阶段的自己，嘻嘻哈哈地交给命运，但……"隔了三分钟后，她又继续传来微信："但是，还没有翻完啊！"看到这里我眼眶早已泛红。

没错，你我都像李智凯和黄克强，人生像体操一样，有低谷与高点，但不管如何，只要你还在场上，一切还没有翻完啊！

现在，我和大学同学郭乐兴导演连手完成《翻滚吧！男人》的定剪工作，准备进入最终的后期制作。

接下来，烈姊、丰哥和我，将准备带着"翻滚三部曲"最终版之《翻滚吧！男人》，再战江湖。

那你呢？准备好要翻滚了吗？

林育贤（喵导）

二〇一七年八月二十七日

> 人生像体操一样，有低谷与高点，
> 但不管如何，只要你还在场上，一切还没有翻完啊！

图书在版编目（CIP）数据

翻滚吧！男人，还有喵导 / 林育贤著 . — 北京：北京时代华文书局，2018.12
ISBN 978-7-5699-2722-1

Ⅰ . ①翻… Ⅱ . ①林… Ⅲ . ①散文集－中国－当代 Ⅳ . ① I267

中国版本图书馆 CIP 数据核字（2018）第 246421 号
北京市版权局著作权合同登记号 图字：01-2018-4332

本著作物简体版经四川一览文化传播广告有限公司代理，由有鹿文化事业
有限公司授权中国大陆（不包括台湾、香港及其他海外地区）出版。
本书照片由林育贤授权。

翻 滚 吧 ！ 男 人 ， 还 有 喵 导
FANGUNBA! NANREN, HAIYOU MIAODAO

著　　者 | 林育贤

出 版 人 | 王训海
选题策划 | 高　磊
责任编辑 | 邢　楠
装帧设计 | 程　慧　段文辉
责任印制 | 刘　银　范玉洁

出版发行 | 北京时代华文书局 http://www.bjsdsj.com.cn
　　　　　北京市东城区安定门外大街 138 号皇城国际大厦 A 座 8 楼
　　　　　邮编：100011　电话：010-64267955　64267677
印　　刷 | 北京富诚彩色印刷有限公司　　　电话：010-60904806
　　　　　（如发现印装质量问题，请与印刷厂联系调换）
开　　本 | 880mm×1230mm　1/32　印　张 | 7.25　字　数 | 143 千字
版　　次 | 2019 年 3 月第 1 版　　印　次 | 2019 年 3 月第 1 次印刷
书　　号 | ISBN 978-7-5699-2722-1
定　　价 | 48.00 元